破廉恥なランプ

Kazuya Nakahara
中原一也

CHARADE BUNKO

Illustration

立石涼

CONTENTS

破廉恥なランプ ―― 7

あとがき ―― 272

1

ブロッコリーから、何か出ている。

ワンルームマンションの小さな流しの前に立っている猪瀬《いのせ》匡《たすく》は、洗ったブロッコリーをじっと眺めていた。ただ惚《ほう》けているようにも見えるが、一応ぼんやりとは考えている。

ブロッコリーから、何か出ている。

洗ったブロッコリーを最近新調した黒いまな板の上に置いていると、滴って滲《にじ》み出した水に油のような農薬のような、何かわからないものが混ざっていることに気づいたのだ。マーブル状に浮かんだそれは、何やら怪しげな生物にも見えないこともなかった。

ブロッコリーから、何か出ている。

嚙《か》み締め足りないのか、何度もその事実を頭の中で繰り返しながらそこだけ時間が止まったかのように、じっとしていた。同居人に昼行灯《ひるあんどん》と言われるだけあり、一度何か考え出すと他のことがおろそかになってしまう。

匡はひょろひょろとした体型で、顔立ちは整っている。奥二重の目は大きすぎず、白目の部分は青みがかって見えるほど白が際立っており、黒目はちょうどいい大きさだ。鼻筋はほどよく通っていて、唇は厚すぎず薄すぎず上品な口許《くちもと》をしている。

何より、全体的なパーツのバランスがすばらしくよかった。

しかし、これだけ恵まれた容姿をしているのに美形扱いされたことが一度もない。身長も平均より少し高いが、そう見えないらしく、立って並んだ時に意外だと言われるのもめずらしくはなかった。また、ファッションに頓着せず髪には寝癖がついていることも多いのだが、メガネの奥の目も、ぼんやりとしていてどこか焦点が合っていない。ぽややんとした雰囲気は見る者が見れば色気とも取れるが、匡は生まれてこのかたモテた記憶がなかった。

せっかく持っている宝を腐らせている理由は、ブロッコリーをこうして眺めているそれと同じだ。

「匡。何をぼんやりしているのだ。袖が濡《ぬ》れてるぞ」

「あ……」

袖がダラリとずり下がってきていて、匡は慌ててそれをまくった。しかし、濡れた手でやってしまったものだから、さらに濡らしてしまう。しかも、またすぐに落ちてきた。

「まったく匡は駄目な奴だな。俺に貸してみろ」

そう言って大の大人を叱りつけながら匡の袖をまくったのは、踏み台の上に立っている小さな子供だ。名前をチミチミーダオメメクリクリンノサラマ・ダッコチュッチュという。

頭にターバンを巻いており、足首の締まったダブダブのズボン、上は裸にチョッキ、そして、首には勾玉《まがたま》のような形の首飾りをかけている。アラビアンナイトに出てくるランプの精の子供版といった感じだが、何を隠そうまさしくランプの精だ。

　いや、正確に言うと、ランプの精の幼生なのである。まだ完全に大人にはなっていないが、魔法も使える。実をいうと、このブロッコリーはサラマの魔法の力ですくすくと育てたものに他ならない。

　こんな非現実的な状況に慣れつつある匡は、袖をまくってもらった礼を言うのも忘れ、目の前の疑問をサラマにぶつける。

「サラマさん。ブ、ブロッコリーから何か出てます」

「ん？　触手でも出てるのか？　何も出てないじゃないか」

「出てますよ。ほら。この水に混じってる油みたいな……農薬かと思ったけど、サラマさんに育ててもらったからそんなはずないし。もしかしたら、食べられたくないブロッコリーが毒でも出してるのかもしれません。食べても大丈夫でしょうか」

　ここ最近、非現実的な出来事の連続だった匡にとって野菜の人間への逆襲が始まったとしても、特別おかしなことではなかった。黙って食べられ続けていた野菜たちは、一致団結して復讐をするのだ。今頃、世界中の台所で小さな戦争が始まっているかもしれない。

　本気でそれを疑っている匡を、小さいサラマが呆《あき》れた目で見ている。

「何を言ってるのだ。ブロッコリーの油分が出ているだけだ。植物にも油はあるのだぞ」

「そ、そうなんですか。さすがサラマさん。植物のことには詳しいんですね」

「当たり前だ。俺を誰だと思っているのだ。それに、今まで気づかなかったのか？　ブロッコリーを洗ったボウルの水にも浮かんでいただろう」

「……気づきませんでした」

「やっぱり匡はぼんやりしているのだ。昼行灯なのだ」

サラマはそう言うと、日本では有名すぎるほど有名な料理を作り始めた。

「タコさんタコさんの～、ウィッンナ～、ウィッンナ～、おっいしいよ～」

自作の歌を歌うサラマが、ご機嫌なのは一目瞭然だった。野菜の逆襲なんて本気で考えた匡に対し、先ほど程度の悪態で済むのもその証《あかし》に他ならない。

「ここを……こうやって、こう切って……これで八本。あとは炒《いた》めるだけだ」

サラマは、菜箸《さいばし》を器用に使いながらころころとウィンナーをフライパンの上で転がした。そうしているうちに、段々と脚が開いてくる。くるんと完全に開いたら、小さなタコがみんなで踊っているみたいで楽しそうだ。

「匡っ、タコさん大成功だ！」

「今日もすごく美味《おい》しそうですね」

匡が微笑《ほほえ》むと、サラマはウィンナーを皿に盛って部屋のほうに向かった。そして、ちゃぶ台の前で待っている男の隣に座る。

「キファーフ様っ、見てください。今日もタコさんウィンナーが上手にできました」

「おう。こっちも完成したぞ」

胡座《あぐら》をかき、床に置いてあるトースターの中を覗《のぞ》いているのは、これまた特徴的で野性的な男だった。匡が仕込んだチーズトーストが焦げないよう、見張っている。

褐色の肌は太陽神を思わせる神々しさで、目鼻立ちがはっきりして男らしい。どのパーツも大きめでどこか控えめな匡とは大違いだ。また、逆三角形の躰《からだ》はまさに肉体美というにふさわしく、腹筋は六つに割れている。しかも、身につけているのが露出度の高い衣装だ。これ以上ないというほど、牡《おす》のフェロモンを辺りに振りまいている。

黄金とラピスラズリのネックレス。二の腕や手首には複雑な模様が彫られた金の腕輪。古代エジプトの王の墓から発掘されるような、ゴージャス極まりない装飾品の数々。

ここが日本の単身者用マンションだということを忘れそうなくらい、きらびやかだ。

男の名をオヤジンナポッポレーノフェロモンダプンプンキンニクモムッキムッキーダキファーフという。野性美溢《あふ》れるランプの精で、匡の恋人だ。

数ヶ月前、道端でインチキ占い師にランプを売りつけられたことがきっかけで始まったランプの精たちとの奇妙な共同生活だが、今はすっかり馴染《なじ》んでしまった。身につけているものはゴージャスで存在はファンタジックな二人は、庶民的な匡の生活に上手く溶け込んでいる。

「ブロッコリーも茹《ゆ》で上がりましたよ。パンも大丈夫ですね。じゃあ、食べましょうか」

匡はブロッコリーを入れた器を手にちゃぶ台につくと、チーズトーストを皿に並べて四つに切り分けた。そして、新たにトーストを仕込んでタイマーを回し、三人手を合わせて「いただきます」と声を揃《そろ》える。

「お。この俺が見張っていたチーズトーストが絶品だ」

「俺のタコさんウィンナーも最高です」

近所のパン屋で買ってきた焼きたての食パンにチーズを載せたチーズトースト。丸くてつやつやのモーニングロール。タコさんウィンナー。ブロッコリーとベーコンエッグ。ベーコンエッグには醤油《しょうゆ》が垂らしてある。ご飯にも合うが、パンの時にも醤油を使う。

「やっぱりタコさんウィンナーは美味しいな。日本はとってもいい国なのだ」

「サラマさんが四つ取っていいですからね」

「いいのかっ！　こんなに美味しいタコさんウィンナーを、俺が一個多く貰《もら》っていいのか！」

「なんならあと二つくらい多く取っても……はい、どうぞ」

「匡には俺のボロニアソーセージがあるからな。あとでたっぷり喰《く》わせてやる」

キファーフが相変わらず下ネタを口にするが、昼行灯の匡にはあまり届いてない。下品な下ネタでも顔をしかめずにいられるのは、それを口にするキファーフの滴るような色香のおかげというのもあるが、何より匡がぼんやりしているからだ。

「そう言えば、ウィンナーソーセージとフランクフルトソーセージとボロニアソーセージの違いって知ってます？」

「太さの違いだろうが。あと長さもな。俺がボロニアでお前がフランクフルト、サラマがウィンナーってとこだな」

「俺もそう思っていたんですけど、実は違うんですよ。太さの違いじゃなくて、もともとは牛か羊か豚の腸で区別してたそうです」

「結局デカさの違いじゃねぇか。俺のボロニアは牛サイズってことに変わりねぇだろうが」

「あれの大きさを例えるなら、普通馬ですけど……痛っ」

いきなり鼻をつままれ、左右に揺すられる。

「んんんん……っ、い、痛いです」

「牛でも馬でも変わんねぇだろうが。細けぇこと言ってると、俺のボロニアをその口に突っ込むぞ」

「け、結構です」

「結構じゃねぇだろう。その口ん中を俺のボロニアで満たしたいと思わねぇのか」

「お、思わないです……っ、んんんんっっっ」

「嘘《うそ》をつけ。その小さなお口がおしゃぶりしたいと言ってるぞ」

「言ってな……、言ってな……っ、言ってないです……っ」

二人がじゃれるのは慣れているのか、サラマは知らん顔で食事を続けている。だが。ふと思い出したように顔を上げ、立ち上がってシンクのほうへ向かった。戻ってきたサラマが持っていたのは、ウィンナーの入っていた袋だ。中身は全部タコにしたため、何も入っていない。

「忘れていたのだ。危うく捨てるところだった。この応募券を送ると、いいものが当たるのです。すごいお宝なのです」

「すごいお宝？」

ようやく解放してもらった匡がジンジンする鼻を指で擦《こす》りながら袋を見ると、キャンペーンをやっている最中だった。A賞はイギリス旅行。B賞はお食事券。C賞は何やらグッズのようなものが貰えるらしい。

「匡のお宝は俺の股間にあるぞ。超高性能レーザー砲だ。お前のあそこは、もう狙われている」

「——わ……っ！」

食事中にもかかわらずキファーフが襲いかかってきて、匡は床の上に押し倒された。タコさんウィンナーは可愛《かわい》い形をしているが、それが目の前の床に転がっているとなんだかいやらしく見えてきて匡は顔を赤くした。

どこでスイッチが入るかわからない。

「サ、サ、サ、サラマさん……っ、た、助けて……っ、サラマさーん！」

サラマは、助けを求める匡を無視して袋の裏面に印刷してある応募方法を読んでいた。

「俺はC賞のタコさんウィンナー制作キットが欲しいのです」

「制作キットか。自分で作れんのに、必要ねぇだろう。なんで欲しいんだ？」

キファーフはサラマに聞きながらも、戯《たわむ》れに匡のシャツの中に手を伸ばしてくる。その指が探しているのは、間違いなく胸の突起だ。微妙な位置を指の腹で撫《な》でられて鳥肌が立つ。

「は、は、放してくださ……っ、まだ……ご飯が……っ」

「キファーフ様。実はこの装置にウィンナーを嵌《は》め込んでこれを前後にスライドさせると、一瞬で脚が八本に割れるのです。とても画期的なのです」

「そうか。それは簡単でいいな。おい、匡。お前の後ろには俺のボロニアを嵌め込んで前後に百万回スライドさせてやるからな。固く閉じた蕾《つぼみ》も一瞬で割れて開花するぞ。最後にはトロトロだ」

「そ、そんなに擦ったら、摩擦でお尻がなくなります……っ」

胸の突起は中途半端に煽《あお》られただけで、今度はズボンの上からいやらしく尻の割れ目を指で撫でられた。何度もキファーフを受け入れた秘密の場所は、たったそれだけで野性味溢れるランプの精との禁断の夜を思い出してしまう。

匡は、手探りでキファーフのランプを探した。最後の手を使うしかない。

「あ、匡。てめぇ……、――うおおおおおおおお……っ！」

手にしたランプを擦ると、キファーフは煙となってその中へと吸い込まれていった。なんとかその魔の手から逃れた匡だが、中から不機嫌な声がする。

『やってくれるじゃねぇか。だがな、そう上手くいくと思うなよ』

そう言うなり、キファーフが再び出てこようとする。匡は、慌ててランプの腹を勢いよく擦った。

「駄目です！　出てこないでください」

『そんなことをしても無駄だ。俺は魔力が強いんだ。出ようと思えば自力で出られる』

「でも、自力で出入りすると魔力を消耗するって言ったじゃないですか。おとなしくご飯食べるって約束するなら出してあげても……、わ！　勝手に出てこないでください！」

煙とともに上半身だけがランプの口から出てきたため、匡はさらに手を動かした。

「何が『おとなしくご飯』だ。本当は俺のボロニアを喰いたいんだろうが。現に今も俺様の股間を擦って誘ってやがるじゃねぇか」

意図せずとも、中に収まっているキファーフの股間の部分を擦ってしまうという、匡の特技も健在だ。ご自慢のものはエッフェル塔さながらの傾きでそそり勃《た》っており、腰を覆う布地はめくれ上がっている。

「わ、わざとじゃないんです！　キファーフさんが出てこないよう、ランプを擦ってるだけです！」

「お前がそんなに誘うならお望み通り、——うぉぉぉぉぉおおおおおーーーーーーっ！」

もくもくと出てきたかと思えば、またもくもくと吸い込まれる。キファーフと匡の攻防が始まった。隣では、サラマがマイペースでご飯を食べている。

平和をこよなく愛する匡にとって、この普通とはかけ離れた存在と同居するなんてとんでもないことだが、こんな騒がしい生活もすっかり慣れてきた。ランプの精の幼生であるサラマの口調は生意気だがとても可愛らしいし、キファーフは下ネタばかり口にするしセクハラも多いが、頼りになる男だ。

悪用しようと思えばいくらでも悪用できる二人と、仲良く暮らしている。

実際、千年ほど前。匡がナウィームと呼ばれていた前世では、キファーフを操って国を乗っ取ろうとする者のせいで命を落とした。そんな二人は千年の時を越えて巡り逢《あ》ったのだが、匡が前世の記憶を取り戻す前にも、キファーフの存在を知る者の手により匡は人質となったのだ。

けれども、匡の手元にあれば争いのために使われることはないだろう。少なくとも、私利私欲を満たすための道具にしたりはしない。それどころか、人質となった匡は自らの命を懸けて紛争の危機を救い、独裁者を捕らえることに一役買った。

世の中は不思議なもので、意外な男が世界の平和を守っていることもある。


落ち葉が、街を覆う季節となった。

休日出勤をしていた匡が会社から戻ってくると、マンションの部屋にキファーフとサラマの姿はなかった。二人でどこかへ出かけたのだろう。あの服装のまま外に出ていないよな……、と思いながら冷蔵庫の麦茶をコップにつぎ、ちゃぶ台の横に座る。

「あー、疲れた」

疲れを溜《た》め息《いき》とともに吐き出し、喉を潤した。

匡は、ガーデニング専門の輸入雑貨を扱う卸売業者に勤務しており、扱う雑貨の中にはテラコッタの鉢やアイアンのフェンスなど大きなものもあるため、力仕事も多い。今日はホームセンターを数軒回ってテラコッタ製のオーナメントや鉢、アンティーク風のレンガなどを使って売り場をどう見せるかの提案をしてきた。

カタログもいいが、実際の品物を売り場担当者に見てもらうと反応がかなり違う。匡が提案した売り場のディスプレイのおかげで、売り上げがアップしたという店も多い。

鈍臭くて要領の悪い匡だが、誠実さでカバーしていると言えるだろう。何をやるにも他人より時間がかかるタイプだが、無能呼ばわりする者はいない。

「今日の夕飯どうしようかな。キファーフさんたち、いつ帰ってくるんだろ」

なんとなくテレビをつけ、ぼんやりと画面を見る。ちょうどワイドショーをやっているところで、馴染みのあるフリーアナウンサーが映っていた。

『えー、続いて昨夜遅くに心筋梗塞で亡くなった園山《そのやま》大臣についてですが……』

このところ忙しく、世の中の流れから取り残されている匡は、しばらくテレビを眺めていた。そこに映っているのは、匡もよく知っている顔で外務大臣として去年入閣した人物だ。現役大臣の急逝ということで、かなり大きなニュースとなっている。

解散総選挙の時は投票に行ったなぁ、なんて考えていると、ふと部屋の中の異変に気づき、にわかに固まった。

「な、なんだろう……」

匡が目にしたのは、ちゃぶ台の上に鎮座している見たこともない美しいランプだ。今頃気づくところが、匡らしい。明らかにこの部屋で異質な雰囲気を醸し出しているのに、この体たらく。いかにも中にランプの精が詰まっていそうで、キファーフと初めて出会った時のことを思い出してしまう。

ランプは口のところが長く前にせり出しており、取っ手の部分も美しい弧を描いていた。

純金製だろうという輝きと複雑なデザインは、間違いなく高価なものだとわかる。しかも、キファーフのランプとは明らかに違った。

「ど、どうしよう……」

さすがの匡も、警戒心を露《あら》わにランプをじっと見つめた。

「もしかしたら、キファーフさん……脱皮してランプのデザインが変わったのかな」

ランプの幼生が成長する時に脱皮を繰り返すとは聞いていたため、そんなことを呟《つぶや》いてみるが、その可能性がないのもわかっていた。

まだ大人になり切っていないサラマは、ダッコチュッチュ科に属するため名前の最後にそれがつくが、キファーフはすでにヌッカヌッカという科が名前から外れているのだ。脱皮したキファーフのランプでないのは、確かだ。

見た目やその魔力の強さから考えても、あれ以上成長するとは思えない。

「まさか……新しいランプの精……?」

なぜ自分のところにばかり来るのだろうと思いながら、正座したままそっと手に取ってみる。両手にずっしりくる重さだ。

「やっぱり、ランプの精が入ってるのかな。それは……困るんだけど」

これ以上、居候を増やすわけにはいかない。もともと単身者用として貸し出されているマンションだ。黙って同居人を住まわせているなんて知れたら、追い出されてしまう。それ以上に、ランプの精なんてものが公になれば、恐ろしい悪党がランプを奪いに来るかもしれないのだ。バレる可能性が高くなることは、極力避けたかった。キファーフがいくら強くても、自衛隊を総動員されたら生きたまま捕獲されないとも限らない。

そして何より、どんなランプの精が飛び出すのかもわからないのは危険だ。

「す、捨てて……こようかな」

キファーフが来たばかりの頃にも、扱いに困って公園に捨てたことがあった。あの時は、すでに前の持ち主から買い取って主《あるじ》となっていたため、逃げられなかった。しかし今回は、持ち主から譲られたわけでも買ったわけでもない。まだ自分は主となっていないはずだと思い、それなら今のうちに捨てたほうがいいと判断する。

けれども、そうすると別の誰かが拾うかもしれない。そうなった場合、悪用されたりしないのだろうか――。

もともとぼんやりしている匡だ。こういった危機に直面して焦っていても、行動が素早くはならず、ちゃぶ台の前に正座したままあれこれ考える。そうこうしているうちにランプがぶるぶると震え、口の先からもくもくと煙が上がった。

「わ、わ、わ、わ、わっ！」

ランプを擦って煙を中に戻そうかとも考えたが、行動するより先にランプの精が出てきてしまう。

「う～～～～～～ん。よう寝た。少し寝すぎたようだ」

「あ、あの……っ、あの……っ」

正座したまま、匡はポカンと口を開けて新しいランプの精を見上げた。

出てきたのは、まるでクレオパトラのような美しい女性だった。金とラピスラズリの宝飾品を身につけている。

キファーフと同じ褐色の肌。黒く艶やかな髪は肩につくくらいのストレートで、豪華な宝飾品は首や腰だけでなく、頭にもつけられている。

だが、よく見ると剝《む》き出しの胸板に膨らみはなく、自分と同じ小さな突起が二つついているだけだった。キファーフのように勃起《ぼっき》させながら出てきたわけではないが、筋肉のつき方などからも女性でないとわかる。

(お、男……?)

あまりの美しさに圧倒されながらも、おそるおそる聞いてみる。

「あの……ど、どちら様でしょうか?」

「余の名前か? そちのような庶民に名乗る謂《いわ》れはないが、教えてやろう。余の名はオマタパッカンナエロエロンヌチョットダケーヨアンタモスキーネイシュタルだ」

自分を『余』と言ったことからも、男だと確信する。

「えっと……何科に属されるんでしょうか?」

「シッポプー科だ。主の欲望を満たす能力に長《た》けておるのだぞ」

「それは……すごいですね」

名前の最後がシッポプーでないことから、成長し切ったランプの精ということがわかった。しかも、匡が擦っていないのにランプの中から自力で出てこられたことを考えると、かなりの魔力の持ち主と言える。

「余を見ても驚かぬのか。やはり、そちがキファーフの主だということは、間違いないようだな。キファーフはどこだ？」

「あの……多分、買い物です」

イシュタルと名乗ったランプの精は善人なのか、悪人なのか――見ただけではわからない。どうしようか迷っていると、部屋の外から足音とともにキファーフとサラマの声が聞こえてきた。ドアが開くのと同時に「ただいま～」と声がする。

「匡っ、今日は豚肉のブロックの大安売りをしていたぞ。これからカレーを作るのだ！　豚のカ……、――ぅわあ……っ！」

「おお。キファーフよ。よくぞ戻った！」

イシュタルは、サラマを蹴散らすようにしてキファーフの元へ駆け寄った。匡が慌ててサラマを助け起こす。コロンと転がって尻餅をついたサラマは、拳《こぶし》を振り上げて抗議した。

「なんだお前は！　失礼な奴だ！」

「おお、すまぬことをした。許せ。小さくて見えなかったのだ」

謝る時もなぜか上から目線のイシュタルは、ランプの精というより女王様だ。匡やサラマを見下ろす目は、下々の者に向けるそれだ。

「なんだ。イシュタルじゃねぇか。久し振りだな。元気にしてたか？」

「もちろんだ。余が他の主の元にいる間に封印までされおって。しかもなんだその服は。まるで庶民ではないか。そなたにそんなみすぼらしい格好は似合わぬぞ」

言いながら、キファーフの躰を撫で回している。しかも、片方の手はキファーフの股間に伸びていた。大胆に迫るイシュタルを見て、匡はただただ唖然《あぜん》とするばかりだった。

けれども、キファーフはまったく動じない。

「のう、キファーフ。久々に会ったのだ。余と一発やらぬか？　後腐れなく楽しもうではないか。必要な時は呼べと言ったであろう？」

「幼生の頃の話だろうが。残念だな。俺のアナコンダは匡のもんになっちまったよ」

「ふん。このちんくしゃな男がか？　そなたは相変わらず男の趣味が悪いのう」

「ナウィームの生まれ変わりだ」

「ほう。あの噂《うわさ》の……。余が他の主の元にいる間、キファーフを独り占めしていたというあのナウィーム王子の生まれ変わりか」

頭のてっぺんから爪先まで舐《な》めるように見られ、居心地が悪くなる。

（キファーフさんの知り合いか。あんなふうに大胆に誘うなんて、開けっぴろげな人だな）

セクシーで積極的で露出度もキファーフに負けず劣らず。バランスが取れた似合いの二人だ。完全に負けている。

ぼんやりと眺めながらあれこれ考えていると、イシュタルが近づいてきて目の前に立たれる。

「決めた。余もここに住んでやることにする。ありがたく思え」

「え……？」

一瞬意味が呑《の》み込めずに惚けていたが、すぐに気づいて慌てた。

「こ、困ります。もう定員オーバーなんです」

「生活費は心配するな。ほれ、これで当分不自由はせぬだろう。しかし、狭い部屋だな。増築でもするか？　それならもっと宝を出してやるぞ？」

イシュタルは耳のイヤリングと腕輪を外し、匡に向かって差し出した。さらに腰の装飾品も外そうとする。

「そういう問題じゃなくて……あの、キファーフさん。キファーフさんからも何か言ってください」

「悪ぃな、イシュタル。今夜は俺の44《フォーティフォー》マグナムを一発ぶち込んで欲しいんだとよ。お前は邪魔なんだ」

「いや、あの……そういうことは言ってないです」

どさくさ紛れに変なことを言われ、すぐに否定する。ここでしっかり意思表示しておかないと、後で同意したと言われてとんでもないことになる。

「イシュタル。とっとと出ていってもらおうか」

キファーフは、いとも簡単にイシュタルを小脇に抱えた。

「何をするっ。余はここに住むと言ったであろうが！」

「あほう。俺の主は匡だ。お前がいくら昔馴染みだからって、お前の言うことを俺が聞くわけねぇだろうが。新しい主と契約でもして、まっとうな道を歩め」

キファーフの盛り上がった二の腕に軽々と抱えられるイシュタルは、つまみ出される野良猫のようだった。これほど美しい男をこうも雑に扱うなんて、さすがだ。

（キファーフさんはノーパンだけど、イシュタルさんもノーパンなんだな）

イシュタルの小ぶりの尻を見て、匡はまた呑気《のんき》なことを考える。

「おい、そこのちんくしゃ。余の尻をジロジロ見るな！　そちのような庶民が眺められる代物ではないのだぞ！」

「あ、すみません」

「キファーフに余を下ろすよう言え。そちの聞きたいことを、教えてやってもいいのだぞ？」

「俺の聞きたいこと……ですか？」

匡が興味を示すと、イシュタルはふふん、と意味ありげに笑ってみせた。

「キファーフのあれやこれやだ。ふふふふふ。サラマのような子供からは聞けない話があるのだぞ？　余はいろいろと知っておるのだからな」

「おい。匡を誘惑するな」

キファーフが制するが、匡はまんまとイシュタルの策略に嵌まってしまう。

「ま、待ってください」

匡は、思わずキファーフを呼び止めていた。自分の知らないキファーフの過去。ナウィーム王子だった頃の記憶は蘇《よみがえ》り、猪瀬匡として生きてきたこれまでの記憶と融合したようになっているが、それでもすべてではない。まだわからないことや知らないことは多い。

しかも、よく考えると今夜は44マグナムなのだ。ここはしっかり邪魔してもらわなければ、サラマの教育に悪い。サラマの年齢は二千六歳と聞いているが、人間に換算すると六歳前後だろう。

そう思った匡は、イシュタルに居候してもらうことを決心した。

「ったく、簡単に釣られやがって……」

「……すみません」

キファーフの呆れた声に責められ、匡は大いに反省していた。

好きな相手の過去を知るチャンスだといっても、やはり単身者用マンションに四人暮らしは厳しい。狭い台所で四人分の食事を作るのは大変で、ちゃぶ台も狭い。朝のトイレはつかえ、風呂《ふろ》でもよく鉢合わせする。

けれども、知りたかったのだ。キファーフの口から語られないキファーフの過去。隠したいことまで暴こうなんて思っていないが、キファーフのあれやこれやと言われて無視できるほど理性的ではない。

「おかげで、このところますますご無沙汰じゃねぇか」

トイレの中に押し込められた匡は、キファーフの体温を肌で感じてしまい、追いつめられていた。ひそめた声をすぐ耳許で聞かされ、息遣いがわかるほど躰は密着し、ご立派なものがキファーフの腰に巻いてある布地を押し上げているのを目の当たりにさせられる。

「あの……イシュタルさんとは、どんな関係なんですか？」

「なんだ、やきもち焼いてんのか？」

「いえ……別にそんな……っ」

否定するが、正直言うとその通りだ。幼生の頃の約束と言ってはいたが、やはり後腐れなく愉《たの》しむ約束をしていたなんて、気になる。

「大昔の話だよ。一回もやってねぇから安心しろ。そもそもあいつは口だけだ。ああやって誘うだけで本気で襲ってきたことはねぇよ」

その言葉にホッと胸を撫で下ろした。あんなに美しい人がライバルになどなったら、気が気ではない。気になる答えは聞くことができた。あとは逃げるだけだ。

「あの……そろそろご飯の準備を……」

「そんなのは後だ。俺はもう限界なんだよ」

「でも、部屋にはサラマさんもイシュタルさんもいます」

「二人ともまだ寝てやがるから、軽く挿《い》れるだけならわかんねぇよ。な？　ちょっとだけならいいだろうが」

「だ、駄目ですって」

嫌よ駄目よと言いながらも、迫り来るキファーフの色香に当てられ、匡の理性はぐらぐらにぐらついていた。ちょっとだけなんて言い方が、まるでジゴロのようでつい許したくなってしまうのだ。

「俺のあれやこれやが知りたいんだろうが。これから教えてやる。お前だって、ここまでオアズケだと男が疼《うず》くだろう？」

「う、疼きません」

「俺はいつだっていいぞ？　ほら、触ってみろ。俺のフォースはもうこんなに漲《みなぎ》ってる」

手を取られ、股間に押しつけられて顔が真っ赤になった。

確かに、フォースが漲っている。

いや、単に勃起しているだけだが、漲る力を感じるほどの硬度と逞《たくま》しさ。さすがの匡も、意識せずにはいられない。

キファーフとの愛の営みを、そのいやらしい腰つきを思い出して、胸が高鳴ってしまうのだ。自分を突き上げる時に、より鮮明に浮かび上がる割れた腹筋。引き締まった腰から繰り出されるリズミカルで力強い突き上げ。グラインド。

何度あんあん言わされただろうか。

「な、何がフォースですか。そんなもの漲らせないでください」

思わず手をはねのけたが、一度意識し始めるともう止まらない。キファーフと重ねた愛の営みが次々と蘇ってきて匡を襲う。

しかし、その時だった。

『匡っ、何をしているのだ？　うんこか？　腹でも痛いのか？』

ドンドンドン、と激しくドアが叩《たた》かれ、サラマの声が聞こえてきた。

『何を言っておるのだ、ちびっ子。キファーフもいないではないか！　出てこい。そこにいるのはわかっているのだぞ！　そちたちは包囲されている』」

イシュタルの声もして、我に返った匡は慌てて逞しい胸板を押し返した。

「いいとこだったのによ。匡、この続きはまた後でな」

そう言ってキファーフはあっさりと身を引く。ニヤリと笑うその流し目に、心臓が大きく跳ねた。反則だ。ドキドキが収まらない。目が合っただけで妊娠しそうだなんて女性が言うのを時々聞くが、あれは冗談なんかではない。本気だ。本気でそう言っていたのだ。

匡も今、妊娠しそうな気分だからわかる。

「このちんくしゃめ。キファーフと何をしておったのだ。さては朝っぱらからまぐわっておったな。愛欲のシッポプー科である余を差し置いて、そちのような昼行灯が充実したセックスライフを送るなど許さぬぞ。せっかくキファーフと後腐れなく楽しめると思っておったのに、余の計画は台無しだ。よもやそちから誘ったのではあるまいな?」

二人してトイレから出るなり、イシュタルに詰め寄られる。

「匡を責めるな。俺が誘ってちょっとお触りしただけだ」

「……っ！」

恥ずかしげもなく中でのことを暴露するキファーフに慌てるが、効果は絶大だった。

イシュタルは何か言いかけたが、顔を赤くして言葉を呑み込む。不満げにしながらも、それ以上何も言わない。

（す、すごい……。色気で黙らせた）

キファーフの牡の色香にはいつも驚かされるが、こんな使い方もあるのだと感心する。意図せずとも、結果的にあの高飛車なイシュタルが匡を責めるのをやめたのだ。さすがとしか言いようがない。

「あの……朝ご飯、準備しますね」

イシュタルが圧倒されているうちにと、匡は急いで朝食の準備を始めた。サラマに手伝ってもらい、みそ汁とご飯を温め、大きなフライパンで野菜炒めを作る。土産《みやげ》に貰った佃煮《つくだに》と肉そぼろもあるため、十五分ほどで準備は完了した。ちゃぶ台につき、全員で手を合わせる。

「いただきま～す」

みんなが朝食を食べ始めると、匡は新入りのランプの精が箸を器用に使う姿を見ながらみそ汁を啜《すす》った。つい、盗み見てしまう。

愛と欲望を象徴するかのごとく、際どい衣装。露出度が高いのは同じだが、キファーフの色香とは違う。キファーフは、その強さからくる逞しさや野性的な美しさが色香となって漂っているが、イシュタルはまさに『色欲』という雰囲気があった。使い方を間違えれば、人を堕落させる可能性も含んでいる。

「しかし、よく俺の居場所がわかったな」

「もちろんだ。そなたの封印が解けた瞬間に感じたぞ。すぐに飛んでくるつもりだったが、ヨッシーが余を離さぬのでな。ヨッシーもなかなかの床上手な男だったからな。まぁ、急ぐことはないと思って悠長に構えておったのだ」

「ヨッシー？」

「前の主だ。二人の間でのニックネームだった」

「あのー……前の主はどうしたんですか？」

「余との行為の最中に、腹上死しおった。愛する余の上で天国に行ったのだ。奴も本望というものよ」

「ふ、腹上死ですか……」

　さすがだ。

　イシュタルの淫靡《いんび》な色気を見ていると、はり切りすぎて天国に召されるおじ様がいても不思議はない気がした。逢った瞬間、天国に行くのはどんな気持ちだろうと思い、やはりイシュタルは危険なランプの精かもしれないと思う。そしてハッとなり、慌ててサラマの両耳を塞いだ。

「き、聞いちゃ駄目です！」

「何を慌てているんだ？　腹上死くらい知っているのだ。お腹《なか》の上でおじさんが天国に逢きながら死ぬのだ」

「そうですか……」

平然と構えているサラマを見て、おずおずと手を引っ込める。キファーフを見ると、朝から旺盛な食欲をあますところなく披露していた。みそ汁を啜り、野菜炒めをおかずにご飯をかき込む姿は、たまらなくワイルドだ。

「キファーフ様。ご飯のおかわりはどうですか？」

「ああ。頼む」

サラマは、差し出されたキファーフの茶碗《ちゃわん》を白飯でてんこ盛りにして運んだ。匡はまだ半分も食べていないというのに、もう二杯目だ。迫ってくるキファーフも色っぽいが、ただ食べているだけの姿も男臭い色香に溢れている。

目が合い、頬が熱くなって思わず目を逸《そ》らした。

「そう言えば、主が死んだらどうなるんですか？」

「フリーになるんだよ」

キファーフの説明によると、互いの合意のもとランプの所有者が売るか譲るかすれば主が変わるが、主が死んだ場合、契約は終了となり、ランプの精はフリーランスとなるのだという。次に誰と契約をするのかは、ランプの精が決めていい。

自力でランプを出入りできるほどの魔力を持っているランプの精は、しばらくフリーで過ごすが、自力での出入りには魔力を使い体力も消耗するため、その多くがいずれ主を持つのだという。

「俺は身の安全のために封印されたから、少し勝手が違ってな。ナウィームだったお前が死んだ後はフリーにはなれず他の人間の手に渡った。まぁ、誰が手にしようが、封印されて使いようがなくなったがな」

「キファーフ様も、苦労したのです。俺もいずれ誰かと契約するのだ。匡みたいな昼行灯なら楽かもしれないな。イシュタル、匡と契約するのはどうだ？　命令は滅多にしないし、案外いい奴だぞ。俺も匡だったら主にしてやってもいいのだ」

サラマの何気ない言葉に、ジンと胸が熱くなった。いつもは厳しいことを言われているが、そんなふうに思ってくれていたなんてと、感動すら覚える。

「余はしばらく誰とも契約するつもりはない。人間は自己中心的で駄目な生き物だからな」

性的にオープンであっけらかんとしたイシュタルの言葉の端にどこか刺々《とげとげ》しさを感じて、匡は箸を持つ手を止めた。すると、キファーフがそれに気づいて教えてくれる。

「こいつは長い歴史の中で、陰謀に使われてきたことも多いんだよ。愛の虜《とりこ》にできる能力があるからな。英雄色を好むって言うだろうが。こいつの虜になって腑《ふ》抜《ぬ》けた奴もいるし、腹上死もめずらしくない」

「暗殺するために、贈られるんですか？」

そう考えると、なんだかイシュタルが気の毒になってきた。こんな態度でいるのも、それまで道具のように利用されてきた反動なのかもしれない。だが、イシュタルは匡の顔を見て、なんでもないとばかりに鼻で嗤《わら》う。

「ふん、なんてしみったれた顔だ。そういうこともあるというだけだ。同情などいらぬぞ。余は主の肉欲を満たすだけだ。人間が何を企《たくら》んでおろうが、関係ない。それに、余の虜にな
った主は、それなりに可愛いものだった。足を舐めろと言えば舐めるし、余のためにお馬さんごっこで馬役をした王もいたぞ」

容易にその様子が思い浮かび、しんみりした気持ちが一気に吹き飛んだ。

まさに、愛の奴隷だ。主はさぞかしイシュタルとの夜を愉しんだことだろう。

「そうそう。あのヘンリー8世も余に夢中であった。あやつも可愛い男だったが……なかなかお盛んな男でな。余のせいで離婚問題に発展したがな」

「ヘンリー8世……?」

聞いたことのある名前に、匡は記憶の糸をたぐった。

歴史上の人物だ。イングランド王で、ローマカトリックから独立して宗教分離が始まったのだが、独立した理由が本妻と別れたかったからだという裏話もある。

ローマカトリックでは、離婚が禁止されているためだ。

「ヘンリー8世って……まさか。イングランドの……じゃないですよね?」

「王だった男に決まっておるだろう。他に誰がいるというのだ」

「ええっ!」

まるで、友達の親戚が有名芸能人だと知った時のような驚きだ。いや、そんなレベルの話ではない。何せ相手は、世界史に残る人物なのだから……。

「あの……でも、世界史で習った時は、離婚は世継ぎが欲しかったって……」

「はっはっはっはっは！　そんなのは、ただの言い訳だ。もちろん、子も欲しかったようだが、一番の理由は余と毎晩激しいセックスをしておったからだ」

「そ、そうなんですか……」

匡は、自分が置かれている状況がいかに普通じゃないのかを改めて感じた。

世界史の教科書に載るような歴史に関わったイシュタルと、こうして同じ食卓を囲んでいる。キファーフとは千年も前に出会い、生まれ変わって再会した。ナウィーム王子だった前世の記憶も残っている。また、何気なく食べている野菜炒めの野菜はサラマが魔法で育てたもので、種をまいたのは昨日の夜だ。

最近、感覚が麻痺《まひ》している気がする。

「余と主のめくるめく官能の夜の話をしてやろう。知っておるか？　人間というものの性に対する探究心がいかに強いのかを……。あの男は、余を縛って責めるのが好きだった。三点責めが好きでな」

イシュタルは身を寄せ、正座している匡の股間の辺りを指差した。

「ここにの、細い棒を挿入するのだ」

「ここ？」

「ここだ。この小便が出るところだ」

匡は、固まったまま動けなくなった。

「い、痛そうです」

「それが意外によいのだ。いっぱいにされる感じがな。そちも一度味わってみるとよい。これまでとは違った世界が開けてくるぞ。ここと、ここと、ここと、同時に責められるのは、たまらなくよいぞ？」

胸と股間と尻を指差しながら意味深に笑ってみせるイシュタルを見て、そこをキファーフに責められる自分の姿を想像して真っ赤になった。

後ろと前を同時に責められる――匡には刺激的すぎて、目眩《めまい》がしてきた。指南までしてしまうのは、イシュタルが愛欲を満たすことが得意なシッポプー科に属する者の性だからなのか……。

「三点責めか。いいこと言うじゃねぇか」

キファーフが、ニヤリと不敵な笑みを漏らす。それを見たイシュタルは急に不機嫌な顔をした。

「余との約束を反故《ほご》にして、二人で楽しむつもりか？　それは許さぬぞ」

「三点責めか」

「キファーフ、聞いておるのか？」

「三点責めねぇ」

「ええい、余の話を聞けと言うに！　ほらみろ。そちのせいでキファーフがおかしくなったではないか！」

「いえ……もともとこんなですけど……」

「三点責めか」

何度も繰り返しながら不敵に笑うキファーフは、とんでもなく色っぽかった。悪さを企む男は、なんて魅力的なのだろう。その頭の中で、どんなことが行われているかと思うと、意識せずにはいられない。

「テ、テレビでも見ましょうか」

慌ててテレビをつけ、食事を再開した。箸を動かすが、イシュタルがテレビをじっと見ているのに気づく。

「ふん。無事に終わったか」

映っているのは、外務大臣の葬儀の様子だ。現役の大臣が他界するなんて大事件で、先日から関連のニュースが流れている。

「どうかしたんですか？」

「あれが余の前の主だ」

「あれ？　あれって……園山郁三《いくぞう》……、え……？　でもヨッシーって……」

「有名な演歌歌手に似た名前のがおったであろう。そこから取ったのだ」

「園山郁三に似た名前……よっしゃ郁三？　よっし郁三、ヨッシー、――ええええ……っ！」

つまり、イシュタルの上で腹上死したのは、現役の外務大臣だったということになる。

総理大臣を始め参列者の顔ぶれは錚々《そうそう》たる面々で、規模もかなりのものだ。そんな人物をヨッシー呼ばわりするとは、イシュタルがとてつもなくすごい人に見えてきた。

「それは、なんていうか……ははは……」

臣は、テレビ画面の中の遺影を見た。貫禄があり、外務大臣に任命されるほどの実績を持つ政治家。あの人とも関わりがあったのか……、と思い、やはり自分がとんでもない存在と同居しているのだなと、改めてそのことを噛み締めるのだった。

2

キファーフが、妖《あや》しげな淫具を手に迫ってきた。不敵な笑みを漏らし、赤い舌先を覗かせて舌なめずりする。

「動くなよ、匡」

手には、ジェルの入ったチューブと装飾が施された金の細い棒。それは少しカーブを描いた形をしており、鎌首をもたげる蛇のようでどことなく淫靡な感じがした。

イシュタルが教えてくれた三点責めを実践しようとしているのは、明らかだ。それはキファーフの表情からもよくわかる。悪さをしようとするその表情は魅力的で、危機感を抱かされるのと同時に期待も植えつけられる。何をされるのか考えると怖くて身構えるが、どこかでそれを待ちわびてしまう自分がいるのも否定できなかった。

「やったことのないプレイにチャレンジするのは、大人の醍醐味《だいごみ》だよ」

「無理です……っ、そんなの……無理です……っ、入りません」

半泣き状態で訴えるが、それがキファーフを調子づかせているのもわかっている。

「入るか入らねぇかは、やってみねぇとわかんねぇだろうが」

「入りません、そんなの……っ、絶対に入りません！」

「いいじゃねぇか」

「三点責めなんて……無理です」

膝に手を置かれ、いきなり両側に大きく開かされた。いつの間にか下半身は剝き出しの状態で無防備になっている。そこに注がれるキファーフの視線が、匡の羞恥をより駆り立てているのは間違いない。

「嫌……っ」

「嫌じゃねぇだろう？　見てみろ。俺のキラウエア火山は我慢しすぎて噴火寸前だ。これ以上我慢させられっと、激おこぷんぷん丸だぞ」

「激おこ……、そ、それ……古いです」

「古いもクソもあるか。俺のマグマはすでにどろどろに煮えたぎってるんだよ。お前の奥に広がる熱帯雨林が俺のファイヤーダンスでアバンチュールだ」

下ネタが過ぎて意味がわからなくなってくるのはいつものことだが、今日は特別おかしなことになっていた。理解できない言葉の羅列に、意味がわからないながらも自分に迫り来る危険の大きさだけは感じている。

「待ってくださ……、お願いですから……待って……っ」

「ヤシの木の下のサンセットメモリーはもう止められねぇよ。南の島で搾りたてのココナッツジュースが待ってるぞ。お前のココナッツも俺が搾ってやる」

どんどん酷《ひど》くなる下ネタに、匡は我慢できずにとうとう大声をあげて抗議した。


「い、い、い、意味がわかりません……っ！」

自分の声に目を覚ますと、そこは自分の部屋だった。静まり返った室内は暗く、時計の秒針の音が微《かす》かに聞こえる。その音をかき消すかのように、心臓が大きく鳴っていた。

（ゆ、夢……？）

天井を見たままじっとしていると、少しずつ心音が落ち着いてきて状況が見えてくる。あれは夢で、キファーフが口にした下ネタも現実のものではない。

（そうだよな。いくらなんでも、あんな酷い下ネタは言わないよな……夢でよかった）

安堵《あんど》するポイントがいささかずれているが、ホッと胸を撫で下ろした匡は、もう一眠りしようと寝返りを打った。しかし、何やら違和感を抱いて再び目を開ける。すると、目の前に見つめられるだけで腰が砕けそうな男前が現れた。

「おい、匡」

「――んぅっ！」

足元のほうから潜り込んできたらしく、布団の中からぬっと顔を出されて匡は声をあげそうになった。口を塞がれて辛《かろ》うじて堪《こら》えたが、この体勢もなんだかイケナイことをしている感じがして、ようやく収まりかけた心音が再び高鳴り始める。

「何うなされてた？　色っぽい声で喘《あえ》いでやがっただろう」

口を覆っていた手がそっと離れていくと、匡は顔を横に振って必死で否定した。

「あ、喘いでなんか……いません」

「嘘をつけ。さては、いやらしい夢でも見てやがったな。俺に何をされた？」

鋭い。

ギクリとし、言い訳を探すが何も浮かばなかった。夢の中でキファーフに三点責めを強要されていたなんて口にしたら、それなら実行してやろうという流れになるのは目に見えている。

「別に何もされて……」

「キラウエア火山がなんだって……？」

耳許で囁《ささや》かれ、聞かれていたのかと顔を赤くした。

「夢ってのはな、願望が表れるもんなんだよ」

「そ、そうとも限らないです。プレッシャーのせいです」

「なんのプレッシャーだ」呆れたように言い、何か企んでいそうな色っぽい笑みを浮かべてこう続けた。「どっちにしろ、前向きに検討してるってことじゃねぇか」

どんな言葉も自分の都合のいいように解釈するキファーフのポジティブさに、匡は何も言えなくなった。言葉を口にしただけ、追いつめられそうだ。

「サラマが来てから、ろくにやってねぇだろうが。その上イシュタルまで来やがった。俺の活火山は噴火寸前だよ」

そう言いながら股間を押しつけてくるキファーフに、匡は身じろぎしながら逃げた。けれども、狭いところではあまり意味がない。

「ほらな？　ビンビンだろうが」

「駄目ですよ」

「駄目なもんか」

「だから……駄目ですって……っ」

腰を回され、その男らしさを強く実感させられた匡は、心臓の高鳴りがより悪化しつつあるのを感じていた。

キファーフの匂い。逞しい胸板、そして二の腕。盛り上がった筋肉。匡も男だというのに、キファーフの男臭く引き締まった躰つきに欲情を煽られるのだ。

「俺にココナッツジュースを搾って欲しいんだろう？」

「……っ！」

「ちゃあ〜んと聞こえてたぞ」

ふざけた言い方がまた魅力的で、匡はどうしていいのかわからなくなった。

好きな男と一つ屋根の下で暮らしていて、何もしないでいるだけでも健康な男子にとって我慢を強いられていることに変わりはない。しかも、愛欲を満たすことが得意なイシュタルは、自分を差し置いてキファーフとまぐわうなと言いながらも、本能が働いてそうせずにはいられないのか、いかがわしい話をすぐにする。そのせいで、妄想は膨らみがちだ。

あの美しい男からいろいろな知識を教えられるほどに、自分がキファーフに同じことをされる妄想をしてしまうのだ。それはちょっとした瞬間に脳裏に蘇ってきて、ただでさえ欲求不満気味の匡を煽る。

「お前の口から『ジュース』なんていやらしい言葉が飛び出すなんてな」

「それは、イシュタルさんが……変なことばかり、教えようとするから」

『ジュース』は匡が勝手に見た夢でイシュタルとは関係ないが、こうでも言わなければどんなことになるかわからない。イシュタルさんごめんなさい……、と心の中で謝罪しながら、キファーフの尋問からなんとか逃れようとする。

「あいつは、愛欲を満たすのが得意だからな。――襲われるなよ」

「お、俺なんてまさか……、それより……キファーフさんのほうが」

言いかけて、口を噤《つぐ》んだ。変なことを口走るところだった。

「あ、いえ……」

「俺のほうが、なんだ？　言ってみろ」

優しく問いつめられて視線を逸らそうとするが、吸い寄せられるように見つめ返してしまう。そして、いともあっさりと白状してしまうのだ。

「あの……、……その……、狙われてるじゃないですか」

「なんだ。やっぱりやきもち焼いてんのか？」

「だって……」

イシュタルの美しさは、尋常ではない。男だとか女だとか、そんなものを超越している。自分のような平凡極まりない男よりも、キファーフと釣り合っているとも思う。しかも、高飛車な態度は取るが、根は素直で真っすぐだ。だからこそ、サラマとも上手くやっている。

「俺が惚《ほ》れてんのはお前だよ、匡」

心臓が大きく跳ねた。

俺が惚れているのはお前――特別飾り立てた言葉ではないが、ストレートに表現される気持ちは、どんな言葉よりも心を射貫く。そして、たまらなく欲しくなるのだ。

「どうした？　グッときたのか？」

自分の色香を十分に自覚しているキファーフは、匡があと一押しで落ちるとわかっているようだ。

「いいだろう？　お望み通り、お前のココナッツジュースを搾ってやる」

軽くふざけた口調で言ったかと思うと、キファーフは布団の中へ消えた。

「キファーフさん……っ、……ぁ……っ」

いきなり中心が温かいものに包まれる。絡みついたものがキファーフの舌だと認識するのと同時に、腰が蕩《とろ》けたようになり、甘い声を漏らしていた。

「んあぁ……」

駄目だ。二人が起きてしまう。

そう思うほどに躰は熱くなり、自分を律することができなくなる。快楽に呑み込まれまいとしながら、匡はクローゼットの扉とイシュタルのランプを交互に見た。

サラマはあの狭っ苦しい空間がお気に入りで、秘密基地のようにしている。最近、寝る時はいつもあの中だ。イシュタルは安布団よりもランプの中のほうが落ち着くと言って、毎晩そこで寝る。自力で出入りできると言ってもやはり魔力を消耗するらしく、普段の出入りは匡の手を借りるが、異変に気づけばすぐに出てくるだろう。

「だ、駄目ですって……っ、……んぁ……」

「相変わらず初心《うぶ》だな。こっちは、素直に反応してるぞ」

布団の中から聞こえてくるくぐもった声は、この秘めた行為をことさらイケナイことのように感じさせ、匡の躰はより敏感になっていった。キファーフが布団の中でもぞもぞと動くと、イタズラをされている感じがして気持ちが高ぶってしまう。

嫌よ駄目よと言ったところで、事実は変わらない。

本当は、こんなふうにされて悦《よろこ》んでいるのだ。キファーフに躰をいじられ、イタズラをされ、半ば強引に貫かれることを望んでいる。

「ぁ……っ、……ふ、……っく、……んっ、……んんっ」

手の甲を唇に押しつけ、声を押し殺すしかなかった。なんとかこの状況から脱しようとするが、躰はもう快楽の虜になっている。

「ぁ……、……ぁ……、……あ」

カーテンの隙間から差し込んでくる月の光が、何やら妖しげな色をしていた。普段はそんなことなど感じないが、この状況が目に映るものの印象を変えるのだろう。

「ぁ……っ！」

油断すると声をあげてしまい、慌てて唇を噛んで懇願した。

「待って……、くだ……、……は……っ、……ぁ……あ……ぁ……っ、キファーフさ……」

何度宥《なだ》めようが、キファーフは愛撫《あいぶ》をやめなかった。いやらしく舌を使い、匡の中心をゆっくりと舐め上げる。弱い部分を舌先で刺激されると躰がビクンと跳ねた。あからさまに反応したことが、たまらなく恥ずかしい。

「ぁ……、ぁ……あ……、……は……っ、……ッ……あ」

体温が上がってきて、のぼせたようになった匡の目には涙が浮かんだ。躰の芯《しん》に火が放たれたように熱が込み上げてきて、真夏の太陽の下にいるように躰が火照ってしまう。

暑くて、熱くて、狂おしいほどもどかしい。

（あ、……嘘……っ）

魔法で何か出したのだろう。蕾にジェルのようなものが塗られ、キファーフの指がじわりと埋め込まれた。固く閉じたそこは、徐々に異物の挿入を受け入れ、次第に吸いつくように求め始めた。自分の躰だというのに、制御できない。

「ん……っく、んっ、んっ、んっ！」

ゆっくりと出し入れされ、匡は蕩けていった。声を出してはいけないと思うほど、躰は熱れて熱くなる。

匡は、再びイシュタルのランプを見た。

見つかってしまう。このままでは、見つかってしまう。

何度そう自分に言い聞かせただろうか。だが、その思いは、むしろ匡を煽っていた。見つかってしまうと危機感を抱くほど、それが情欲となって匡を狂わせる。イケナイことをしているという思いがスパイスとなり、気持ちが盛り上がってしまう。

聞かれまいと、甘く蕩けて溢れた声を布団に吸わせ、注がれる愉悦を貪った。今さらやめられたら、困るのは匡だ。

「んっ、……んぅ……、んっ！」

必死で声を押し殺しながら、キファーフの舌の動きを意識で追い、より深い愉悦を求めて独りでに腰が浮き、催促してしまう。

もっと強い刺激が欲しかった。いや、欲しいのは、キファーフだ。好きな男だ。好きな男の熱い猛《たけ》りが、欲しい。

「ぁ……、……もう……、……もう……っ、達く……、……達……ッ！」

次の瞬間、匡は下腹部を震わせて白濁を放っていた。射精の余韻は長く続き、それがようやく収まると放心したままぼんやりと思う。

（……俺の……ココナッツ、ジュース……）

キファーフの口に放ってしまった事実を噛み締め、脱力したままにじり上がってきた野性味溢れる男と視線を合わせた。唇を拭う仕種《しぐさ》に見惚《みと》れる。

けれども次の瞬間、とんでもなく恥ずかしい言葉があまりにも自然に浮かんだことに我に返った。

俺のココナッツジュース。

自分で自分をはたきたい衝動に駆られながら、匡は躰を折り曲げ、もぞもぞと布団の隅に移動した。恥ずかしくて、キファーフの顔を見ることができない。

「どうした？」

「い、いえ……」

じっと丸まって固まっていると、耳許に唇を寄せられて、匡の心を読んだかのような言葉を呟かれる。

「匡のココナッツジュースは美味しかったぞ。今度は、俺のジュースを注いでやる」

「……っ」

少ししゃがれた声は、キファーフの男臭い色香をより感じさせるものだった。

「ほら、こっち向け」

仰向《あおむ》けにされ、覆い被《かぶ》さってくるキファーフの躰を受け止める。

その時、コトコト……、と音がした。イシュタルのランプが震えているのが見え、匡は咄《とっ》嗟《さ》に息を殺して成り行きを見守った。だが、中から煙が出てくる様子はなく、またシンとした空気に包まれる。

「心配すんな。栓《せん》はしてある」

「栓って……」

「簡単に出てこられねぇようにだよ。それにな、サラマによく眠れるように薬草を配合してもらった。サラマの飯にもこっそり入れたから朝まで起きてこねぇよ」

「……そんなことして、大丈夫ですか？」

「サラマの薬だぞ。完全オーガニックで無害だ」

「でも……っ、やっぱり……途中で起きてくるかも……」

「構わねぇよ。これ以上放置されると、俺の昇り龍が火ぃ噴くぞ」

まざまざと屹立《きつりつ》したものを見せつけられ、匡は頬を赤くした。

「でも……あの……」

「もう黙れ」

「うん……っ」

口づけられ、匡は目を閉じた。舌先が入り込んでくるとそれに応じ、促されるまま唇を開いて受け入れた。舌と舌を絡ませ合い、離れていく唇を追い、また奪われる。

「んぁ……、……ぅん……っ、……ぅぅ……んっ、……んっ」

キスに酔った匡は、キファーフの意のままだった。

中心を握るよう促され、素直に従う。手を重ねられたかと思うと、その形を確かめろとばかりにグッと力を籠《こ》められた。手の中のものは十分育っていると思っていたが、上下にゆっくり擦るとより太く、硬くなっていく。それが微かに震え、血液が集まってくるのがわかった。

逞しさを、力強い生命力を直に感じて、匡は次第に自ら手を動かしてキファーフを味わった。こうしているだけでも、心は蕩けていく。

「……っ、いいぞ、……匡。思ったより上手じゃねぇか」

匡の稚拙な愛撫に軽く息をあげたことが不覚だったのか、キファーフは「はは……」と苦笑いした。その表情になんとも言えない色気を感じて、ますます躰は熱くなる。

「……キファーフ、さ……、……ぅん……っ、……ぁ……、……ふ」

もっと気持ちよくなってもらいたくて、指先でくびれをなぞって弾力のある先端を刺激した。すると、膝で膝を割られ、後ろにあてがわれる。

「俺も限界だよ」

「キファーフさ……、……ぁ……あ……っ」

先端をねじ込まれ、声が溢れる。

「……ッ……ふ、……ぁ……あ……ぁ、……ンッ……く、……ふ……」

じわじわと引き裂かれる感覚を、匡は味わわずにはいられなかった。

もう、他のことなど考えられない。誰が近くにいようが、止められない。今は、キファーフのことだけ考えていたい。

「ぁあ……ぁ、……ぁあっ、あ、——ぁああ……っ！」

唇の間から漏れた自分の声が、酷く濡れていることを実感した。容赦なく奥まで深々と貫かれ、最奥まで受け入れる。

どくん、どくん、と鳴っているのは、自分の心臓の音なのか、それともキファーフの熱い猛りが脈打つのが伝わってきているのか。

わからない。

「……っふ、……奥……、……っ」

「奥が、どうした……？」

「奥が……、……ひ……っく、……ぅ……っく」

「気持ちいいのか？」

普段なら絶対に口にしないのに、匡はキファーフの優しい問いに本音を漏らしていた。

「……気持ち……い……、……すご……く……、気持……ち……、い……」

「そうか。気持ちいいのか」

「んあぁ……、……ぁあ……、……や……ぁ……あ……、……っく」

優しく意地悪な抽挿が始まり、匡はより深くこの行為に溺れた。蕩けた躰は、溶け出してしまいそうで、キファーフの背中に腕を回す。何かに摑《つか》まっていないと、自分がなくなってしまいそうで怖い。

朝夕は随分と冷え込むようになってきたが、布団の中でこうして二人抱き合っていると、季節を忘れた。汗ばんだ肌。腰の動きに合わせて盛り上がる、背中の筋肉。なんてエロティックに動くのだろう。

「……ぁ、……あ……、キファーフさ……、……あぁ……あ、……そこ……、そこ……っ」

ねだってしまうのを、やめられなかった。はしたない言葉が次々と溢れ、ゆさゆさと揺すられる。軽い目眩を覚えるとともに、貪欲な獣が自分の奥から出てくるのを感じた。それは匡をより深い愉悦へと引きずり込む。

駄目。もっと。死んじゃう。

最後には、そんなはしたない言葉を譫言《うわごと》のように繰り返しながらキファーフを求めた。

「さてはやったな！　キファーフとやったな！　やりまくったな！　吐け！」

匡は、イシュタルの尋問に遭っていた。胸倉を掴まれ、前後に激しく揺すられている。嘘をついて誤魔化そうにも、一晩中キファーフと愛し合った匡の頭はすっかり色ボケしており、なんの言い訳も思いつかなかった。

「わかるのだぞ。そちから漂う雰囲気がいつもと違う。満たされたオーラを発しておる！」

ぶんぶんと揺すられているうちに、頭がくらくらしてきて気が遠くなる。同じ言葉で何度も責められていると、頭の中がその質問でいっぱいになった。

「言え、言うのだ！　怒らぬから言え！」

「す、すみません……、やりました」

素直に白状するところが、匡らしい。『怒らないから言え』なんていうのは、ただの方便だ。少し考えればわかる。だが、イシュタルのこの勢いで責められて嘘をつき通すことなど、匡のようなタイプにはほぼ不可能だ。

「やりましただと？　よくも余を差し置いてぬけぬけと……」

だんまりを決め込めば怒るが、言ったら言ったで怒る。イシュタルは、それまで以上に不満げな様子で匡につめ寄ってきた。

「このエロ行灯め。普段はぼけっとしておるというのに、本当に抜け目のない奴だな。誘ったのか？　そちから誘ったのではあるまいな？」

「おい。そう苛《いじ》めるな。俺が我慢できずにこいつの布団に忍び込んで悪さしたんだよ」

「……っ！」

シャワーを浴びてきたキファーフが、濡れた髪をタオルで拭きながら出てきた。匡はイシュタルが起きてくる前にこっそり浴びたが、キファーフは堂々としたものだ。隠しもしないところが憎らしいが、同時にそんな態度が魅力的でもある。

「お前も早いとこ次の主を見つけて、たっぷり可愛がってもらえ」

匡の胸倉を摑んでいた手から、力が抜ける。またもやキファーフの色香が、イシュタルを黙らせた。側《そば》にいた匡すらも言葉を奪われてしまうのだから、振りまかれるフェロモンの効果がいかに絶大なのかがわかる。

(すごい……)

溢れる牡の色香に、うっとりしてしまう。

匡とたっぷり愛し合って満足したキファーフの様子に、イシュタルは顔を真っ赤にしていた。この紅潮は怒っているからではない。満たされた野獣の色香に当てられたのだ。

牡の色香は、こんなふうに使うこともできる。

意図していなくとも十分武器になっていて、今は本気でなくてもいつかイシュタルがキファーフを好きになりそうで気が気ではない。

「えっと、そろそろ出かけませんか? 今日は、いろいろと買わなきゃならないものが」

ようやく尋問から解放された匡は、すぐに話題を変えた。イシュタルはまだ何か言いたそうにしているが、結局不満は呑み込んでしまう。

「そうであったな。一応これでも居候だ。買い物くらいつき合ってやろう」

「腹も減ったし、とりあえず駅周辺で飯喰ってくか」

「じゃあ、用意しましょうか。サラマさんを起こしてきますね」

匡は、まだクローゼットの中で寝ているサラマに声をかけた。眠い目を擦るサラマが顔を洗うのを手伝い、歯磨きや着替えをさせて出かける準備をするのは、まるでお父さんの気分だ。結婚願望も父親願望も抱いたことはないが、なぜか心がほっこりする。

準備ができると、周りに気をつけながらマンションの部屋を出た。出入りするところを見られると厄介だ。何度か大家に見つかりそうになったことがあるため、次に見られたら言い訳が見つからない。

「匡。今日はどこに行くのだ？」

「食器とか炊飯ジャーとかを買いにです。人数が増えたから、いろいろ足りなくて。サラマさんの新しいお茶碗も買いましょうね」

「それはいい。俺は猫型おばけのお茶碗がいいぞ。夕方からテレビでやっているのだ」

子供に人気のアニメのキャラクターのことだとわかり、匡は破顔した。自分よりも二千年近く長く生きており、しっかりしているが、こういうところはまだ子供だと思う。

駅周辺の立ち喰い蕎麦《そば》で軽く腹ごしらえをしようということになり、三人は薄汚れた暖簾《のれん》を潜《くぐ》った。

意外にも、イシュタルは文句も言わずに蕎麦を啜った。中性的で美しいイシュタルが、ぞぞぞぞーーーっ、と音を立てて蕎麦を食べる姿はなかなかインパクトがあり、隣でワンカップ小錦《こにしき》と競馬新聞で蕎麦を食べている五十過ぎのオヤジを驚かせた。また、豪快に蕎麦を啜るキファーフはワイルドな色香を振りまきながらその食欲を披露しており、蕎麦屋のパートらしい六十代半ばの中年女性に自分が女であることを思い出させる。

そしてサラマは、仕事帰りのホステスふうの女性二人組に声をかけられていた。

いろんな意味で目立つ集団だったことは間違いなく、地味すぎる店の選定も考えものだと大いに反省する。

腹が満たされると、四人は電車で移動した。

まず、増えた同居人のぶんの食器を買い、炊飯器を大きなものに買い替える。布団ももう一組欲しいところだが、あの狭い部屋では限界があるため、折りたたみ可能なマットレスを購入して配達してもらうことにした。

他にも生活雑貨など買い込んだため、あっという間に昼過ぎになる。

「さすがに余は疲れた。どこかで休憩するぞ」

「俺も足が棒になったみたいだ。それに腹ぺこだぞ」

確かに、蕎麦を食べたきりで何も口にしていない。そう思った途端、空腹を感じてお腹をさすった。

「匡。お前は平気か？」

囁かれた声は優しげだが、どこか色っぽくて心臓が小さく跳ねる。

「え？　あ、はい。でもお腹は空いたから、ご飯にしましょうか」

「おーい、匡。美味しそうだ。このプリンアラモードというものが、とても美味しそうだぞ」

飲食店が並ぶ一画に入ると、サラマが目をキラキラさせながらある喫茶店のショーウィンドウに近づいていった。ガラスに両手をつき、鼻の先を擦りつけるようにして覗き込んでいる。

並んでいるのは、洋食の代表のようなメニューばかりだ。プリンアラモードがまるでパレードに出てくる乗り物のようで、楽しさまで伝わってくる。夢中でそれを眺めているサラマの姿を見て、店を通り過ぎることができるだろうか。

「じゃあ、ここでお昼にしましょう」

「本当かっ！」

「プリンアラモード、美味しそうですもんね。お二人もいいですよね？」

キファーフとイシュタルが頷《うなず》くと、店に入る。

中は、どこか懐かしさを感じる場所だった。騒がしい外の様子とは違い、静かな音楽と落ち着いた雰囲気に包まれている。クラシック音楽の向こうに微かに聞こえる食器の音。そして、コーヒーの香り。

席に案内され、それぞれランチのセット、食後のコーヒーとサラマにはプリンアラモードを注文する。

「見ろ。余の美しさに皆が注目しておる」

当然だとばかりに言い放つイシュタルだが、異論はまったくなかった。静かで落ち着いた雰囲気の店内に、違う風が吹き込んだようだ。

特徴的な艶やかな黒髪と褐色の肌。イシュタルの中性的な美しさは、性別問わず見る者を魅了しており、露出度がさほど高くない服装でも目立つ。

そして、キファーフも……。

まるで大地のような荒々しくも堂々とした色香は、普段は文明というものに護《まも》られている者に、安全から足を踏み出してそれに触れたいと思わせるものがある。料理を運んできた女性店員が、キファーフの前に置く時に意識しているのがなんとなくわかった。

「やっぱり、お二人がいると目立ちますね」

「キファーフも昔からモテたからな。ナウィーム王子よりも美しい王子が、そなたを狙っておっただろう？」

ドキッとした。

「そうなんですか？」

「昔のことだ。忘れたよ」

「隠さずともよいではないか。戦争に役立つ力を持っておるから、悪い連中は欲しがったが、それだけではなかったのだぞ。のう、キファーフ。ナウィームと契約していた頃も、隣国の王子がそなたを欲しがってやまぬともっぱらの噂だったぞ」

知らなかった。キファーフを狙っていたのは、国を乗っ取ろうとしていた悪い大臣たちだけではなかったのだ。

魅力的な男を手に入れようとしていた美しい王子がいた。

「ああ、あのお色気王子か？　ナウィームに会いに来るのを口実に、俺に色目使ってやがったが、好みじゃなかったな。匡は覚えてねぇか？」

覚えていない。ナウィームの記憶のすべてがあるわけではないのだ。覚えていないことも、随分とある。

「誰もが狙っておったからな。それなのに、ナウィームなどに仕えた挙げ句、封印までされおって……。かと思えば、今度はこの昼行灯だ」

「このぽけっとした感じがいいんだろうが。お前にこいつのよさはわかんねぇよ」

「余のほうが色気はある。あちらのテクもよいぞ？　堅いこと言わずに、一度余と愉しんでみるというのはどうだ？　満足させてやるぞ」

公共の場で大胆なことを言うイシュタルに、匡は気が気でなかった。ただでさえ注目を集めているのに、これ以上目立つようなことはできるだけ避けたい。

「余の誘いをむげにするのはそなたくらいのものだ。この昼行灯には無理なテクをたくさん持っておるというに。何人もの男を腹上死させた余の尻を一度味わってみるとよい」

「俺は間に合ってるよ。今夜も俺の真っ赤なランボルギーニカウンタックはこいつのあそこにピットインだ。なぁ、匡」

「……意味がわかりません」

ところ構わずフルパワーの下ネタ炸裂で、匡は動揺しないよう「平常心平常心……」と心の中で唱えた。ドキッとするような色香を放っていても、口から飛び出すのはくだらない下ネタだ。ギャップがありすぎて、ついていけない。

「だが、この男は締め方など知らぬだろう？　のう、そちはキファーフをちゃんと満足させておるのか？　身を委《ゆだ》ねるだけでなく、時には締め上げてやらぬと飽きられるぞ？　尻にな、キュッと力を籠めるのだ。そうするとな、自分も気持ちよくなれるぞ」

イシュタルの指南が始まった。

これがシッポプー科の性なのか、どうやら指南せずにはいられないらしいのだ。サラマに聞かせていいものかと思うが、ふわふわのシャンピニオンオムレツに夢中で一所懸命ほおばっていてそれどころではないらしい。

「匡、このオムレツは美味しいぞ。ふわっふわでバターの香りがして……こっちのクロワッサンサンドもサクサクだ」

「そうですか。この店にしてよかったです」

匡は、口の周りについたケチャップを紙ナプキンで拭ってやった。意外にも、サラマは素直に匡の世話になり、クロワッサンサンドにかぶりつく。

「ところで、イシュタルさんは、これまで何人の人を主にしてきたんですか？」

「さぁな。数え切れぬほどだ。忘れた主もいるからな、正確にはわからぬ」

「忘れた主……」

思わず、繰り返した。人間よりも寿命が長く、何千年も生きているのだから忘れた主がいるのも当然だ。それを薄情だというのは、あまりにも短絡的すぎる。

「キファーフさんにも、たくさんの主がいたんですか？」

「ああ。ナウィームの前にはな。ナウィームの先祖だが、そのもっとずっと前は別の主だったな。俺も忘れちまった」

「そう、ですか……。それもそうですね」

自然と声のトーンが落ちてしまう。自分の知らない誰かと過ごした時間。もうこの世にいない誰かと過ごした瞬間。

自分がこの世に生を受ける前の時代に生きた、誰か——。

彼、もしくは彼女たちは、どんなふうにキファーフに接したのだろうと思う。

「まぁ、思い出深いというか、忘れられぬアホな主はいなかったこともないぞ」

イシュタルが、思い出したように言った。

「余にキスの一つもせずに、手放しおった馬鹿な主がいた。クソ真面目な男でな、余がどんなに誘っても、真面目すぎて手を出せなかった。なんのために余を手に入れたかわからぬではないか。勿体《もったい》ないことをするものだ」

ふと、イシュタルが遠くを見るような目をした。その横顔は、これまで見たことのないものだ。

「その人とは、どうなったんですか?」

「どうなったもこうなったも……結局、余を売った。しかも足元を見られて二束三文で売り渡しおったのだ。売る前に一発やっておけばいいものを……。真面目すぎて、そんなことにも気づかぬアホな男だ。あんな主はあの男が最初で最後だった」

滅茶苦茶《めちゃくちゃ》にこき下ろしているが、その言葉の裏に言葉通りのものでない感情があることだけはわかる。

その目に浮かぶのは、懐かしさ。そして、淡い想《おも》い。

(イシュタルさんの好きな人って、やっぱりキファーフさんじゃないんだな)

誘い方が大胆なわりに本気で狙っているとは感じなかったが、ここに来てその思いは確信となった。

本当に好きな誰かが、その胸の中に住んでいる。何百年も前に死んだ誰かが、そこで呼吸し、笑い、泣き、言葉を発し、生きている。

その複雑な想いを感じ取るにつけ、自分とキファーフに重ねてしまうのだ。

「そちも気をつけるのだぞ。キファーフと契約したがる者は今もどこかにいるかもしれぬからな。ぼやぼやしてると、誰かに取られてしまう」

「こいつが俺を誰かに売ると思ってんのか? 金に困ったら俺が宝を出せばいいだけの話だ

ろうが」

「ふん、そう単純なものでもないのだ。強欲な人間というのは、さまざまな手を使って他人のものを騙《だま》し取るものだからな。それに、どうせこやつの寿命が尽きれば、そなたは別の誰かのものになるではないか。それは変わらぬことなのだぞ。そうであろう？」

寿命が尽きれば、キファーフは別の誰かのものになる――キファーフを盗み見たあと、ガラス窓に映った自分の姿に目をやった。そこには、メガネをかけた冴《さ》えない印象の男がいるだけだ。

今は主だが、それは永遠に約束されたものではない。たとえキファーフたちのような非現実的な存在とともに過ごしていても、寿命がくれば、他の人と同じように死ぬ。キファーフを置いて、この世を去らなければならない。

当たり前のことだが、匡は今の今までそのことに気づいていなかった。

出勤前の時間、鏡の前でネクタイを結びながら匡はぼんやり考えていた。今さらのごとく気づいた事実に、戸惑いを覚えている。

匡がナウィーム王子だった頃、キファーフを守るために封印をした。そのため、生まれ変わった匡と再び出会うまで、所有されることはあっても主と接することはなかったが、次に匡の手を離れる時は違う。

ランプの精は、基本的に主を変えながら生きていく。幼生の間は主を持たないが、成長してしまったキファーフが不自由なく生きていくには主が必要だ。

（もし、今度俺が死んだら、キファーフさんは誰と契約するんだろう）

ぼんやりと考え、自分以外の誰かがキファーフの主になるところを想像して、無意識に顔をしかめた。

（そんなの……嫌だ……）

自分のものだと思っていた。いや、そんなふうには思っていなかったが、キファーフが挨拶代わりに匡を口説き、触れてくるため、その気持ちが自分に向いているのが自然に思えていたのだ。いつか終わりが来る関係だということを、忘れていた。想像すらしたことがなかった。だが、現実は容赦ない。

（そうだよな……）

よく考えれば、当然のことかもしれない。人間よりもはるかに長い時を生きるのだ。匡の一生など、キファーフの一生に比べればほんの一瞬でしかない。

死んだ人間をいつまでも忘れずに愛し続けろというのは、残して逝《い》く者の残酷な願いだ。

自分の安息のために、いつまでも相手を縛り続けることがどれほど傲慢なことか、わかっている。

残される者がより幸せに生きるためなら、忘れてもらうことが一番だ。忘れ、新たな主とともにまた一から始める。そうすることが、ランプの精と人間との一番いい関係の築き方だと思う。

誰かのことを忘れられないまま生き続けるのは、辛《つら》いだろう。あのイシュタルの表情からも、それがよくわかる。

死に分かたれるのなら、忘れていいと伝えるべきだ。

（でも……）

匡は、抽斗《ひきだし》の中に大切にしまっていたナウィーム王子の首飾りを取り出した。ハマド大統領から奪い返し、匡が大切に持っている。そこに刻まれているのは、キファーフを封印する呪文《じゅもん》だ。

封印の仕方は、なぜだか知っている。ナウィーム王子だった頃の記憶は、匡の記憶に溶け込んでいて、知らないはずのことを知っていたり、知らない言葉を理解できたりした。今も、封印しようとすれば、できるだろう。

（俺が死ぬ時にキファーフさんをまた封印したら……どうなるのかな）

匡は、ハッと我に返った。

慌てて首飾りを抽斗にしまい、鏡の中の自分がどんな顔をしているのかおそるおそる見てみる。そこには不安や嫉妬《しっと》が浮かんでいた。嫌な顔だ。

誰にも渡したくないからといって、キファーフを封印するなんてとんでもない。身勝手すぎる自分の思いに、罪悪感が湧き上がった。

「そんなこと……できるわけない……」

自分に言い聞かせるように、言葉にしてみる。そして、心の中でも繰り返した。

そんなこと、絶対に、口にするべきではない。

「おい、どうした？」

「――っ！」

振り返ると、キファーフがいた。今日は朝食の後片づけをサラマとすると言って、二人でシンクの前に立っていたが、もう終わったらしい。

「あ、いえ」

「会社遅れるぞ。なんなら絨毯《じゅうたん》で送ってやろうか？　すぐだぞ」

「だ、駄目ですよ。そんなの見つかったら……っ」

「せっかく空飛べるんだ。使っちまえばいいんだよ。觔斗雲《きんとうん》みてぇに、雲の形にすることもできるぞ？　それなら見られてもわかんねぇだろ」

「わかりますよ」

本当に觔斗雲にして無理やり運ばれそうで、慌てて断るが、そうすると今度は肩に腕を回されて引き寄せられる。そして、唇が耳朶《じだ》につきそうなほど近くで囁かれた。

「もしかしたら觔斗運じゃなくて、俺の如意棒《にょいぼう》が欲しいのか～？」

吐息がかかり、キファーフの体温を感じて心臓が大きく高鳴った。

「何が如意棒ですか……っ！」

「匡の希望通り、太さも長さも自由自在だぞ」

「な、何が自由自在ですか。だったら縮めてください。縮めて縮めて！」

「つれねぇこと言うなよ」

「わ、わ、わっ」

大胆にも腰に腕を回してきてこめかみに唇を押し当てるキファーフに、匡は顔を真っ赤にした。逞しい腕と、厚い胸板と、むせ返るような牡のフェロモン。目眩を覚えた。

「朝から何をしておる！」

その時、イシュタルが慌ててトイレから出てくる。匡は思わず、両手でキファーフを思いきり突き飛ばした。すると思いのほか勢いよく、後ろに転がる。

「――おおおっ！」

大胆にもノーパンの尻を見せながら、キファーフは尻餅をついた。両脚を大きく拡げているものだから、袋も丸見えだ。転び方までもがワイルドで、なぜかそんなキファーフに惚れ直してしまう。

「気持ちよく朝の務めを果たしておったら、油断のならない奴だ。また余を差し置いてイイコトをしようとしたな。デリカシーのない奴め」

イシュタルに責められていると、洗い物を済ませたサラマが両手を腰に当てて部屋の出入口に立った。ぷんぷんと怒っているが、そんな姿も可愛らしい。

「何が務めだ。片づけをサボっていただけのくせに！」

「黙れちびっこ。余が片づけなどするものか。それは庶民のやることだ」

「ちびっこじゃない。サラマと呼べ。俺にもちゃんと名前があるのだぞ」

「まだダッコチュッチュのくせに。この半人前め。そちのことはダッコチュッチュと呼んでやるぞ」

「俺を科で呼ぶな！」

二人が言い合いを始めると、キファーフが今がチャンスだと目で合図する。匡はそっと鞄《かばん》を取って、小声で言った。

「行ってきま～す」

「迎えに来て欲しい時は言えよ～。俺が如意棒伸ばして觔斗雲で迎えに行ってやる」

下ネタで見送られ、ハハハ……、と笑って誤魔化してから玄関を出る。朝っぱらから騒がしく、少し元気が出たが、匡の心から憂いが完全に消えたわけではなかった。

キファーフを好きだと思う気持ちが強くなるほど、イシュタルに気づかされた自分たちの未来について考えてしまう。

いつもは早めに会社に着くようにしているが、考え事をしていたため電車を降り損なってしまい、遅刻寸前だった。外回りの準備が終わると、すぐに会社を出る。今日の予定は、午前中に大型ホームセンターが一件と、午後から個人経営の店を回る予定だ。

約束の五分前になんとか到着し、売り場担当者のいるところに挨拶に向かう。

「おはようございます」

「あ、猪瀬さん。おはようございます。ちょうどよかった。秋冬の売り場についてなんですけど、店長といろいろ話していたところで」

夏が終わって気温が下がってきた頃から、庭の手入れをよくするようになるので商品の動きがよくなる。最近は庭を手作りする人も増え、レンガやテラコッタのタイルもよく出る。チムニーなどは、火を入れなくてもそのままオブジェとしても使えるため人気で、オリジナル商品も出ている。

また冬に向けて、クリスマス商戦の準備もしなければならない。パンジーなど冬場に咲く花もあるが、やはり春や秋口に比べると庭は随分と寂しくなる。そのぶんライティングやイルミネーションで庭を飾ろうという客も多い。

「去年は猪瀬さんが売り場作りに手を貸してくれたから、かなり好評でした。売り上げも目標の百三十パーセントだったし、今年もお願いしますね」

「今年もよろしくお願いします。売り場の規模に合わせて提案していきますんで、ご希望なども おっしゃってください。とりあえず大まかな案を作ってきました」

匡は、事前に作っておいた資料を鞄から出した。担当をしている店舗ごとに、自分なりにデザインを考えてイラストに描き起こしている。下手でもイラストがあるのとないのとでは随分違うため、色鉛筆で色もつけた。

「あ～、いいですねこれ」

「小さくても一つの庭として完成させたほうが、お客さんのイメージも広がると思います」

「なるほどね。これなら真似《まね》したくなりますよ」

「こっちは敢《あ》えて照明を落とし気味にして、シェードガーデンのスペースにしたらいいかなと思います。あとは、ベランダでガーデニングをする人も多いので、こういうコンパクトな感じにした部分もあるといいかなと」

何種類も描いたイラストで説明しながら、より詳しい提案をしていく。匡の誠実な仕事ぶりに、売り場担当者も満足しているようだ。真剣に目を通している。

「あ。ちょっと待ってください。店長が戻ってきたみたいなので……」

「はい」

担当が売り場から離れると、匡は溜め息をついた。搬入口が近くにあるため、フォークリフトなどの出入りが多く、邪魔にならないよう場所を移動する。そして、朝キファーフにキスをされた場所に手を添えた。忙しくしている時はいいが、こんなふうに時間ができると、いろいろと考えてしまう。

キファーフを好きになるにつれ、自分たちの間に立ちはだかる壁のようなものを感じるのだ。人間同士の恋愛でも上手くいかないことは多いのに、相手はランプの精だ。

キファーフと自分以外の誰かが愛し合うなんて、考えられなかった。そんなことには、耐えられない。死に切れない。

しかし、どんなに嫌だと思ってもどうしようもないことはある。変えられない。匡が人間で、キファーフがランプの精だということは、どうしようもないのだから……。

そして、一瞬だけよぎった己の傲慢。

キファーフを封印すれば……、なんて考えてしまったことは、いつまでも匡の胸に罪悪感として重くのしかかっていた。

(俺は、自分のことしか考えてない)

封印されている間も外の様子は見ていると、キファーフ言っていた。つまり、軟禁されているような感じなのだろうか。どんな状態で中にいるのかはわからないが、自由を奪われていることに変わりない。いつ解放されるかわからない状態で、閉じ込められることがどんなに苦痛か。

そのくらい深く考えずともわかるだろうに、一瞬でも封印なんてことを考えたことが恥ずかしかった。イシュタルが人間のことを自己中心的だとよく言うが、まさにその通りだ。そう言われて当然だと、反省する。

と、その時だった。

「危ない！」

突然大きな声がして、匡は顔を上げた。

（え……？）

覆い被さってくるのがなんなのかわからないまま、匡は躰を折って地面に倒れ込んだ。咄嗟に頭だけは庇《かば》ったが、衝撃に襲われる。そして、大きな音。痛みはなかったが、耳をつんざくような金属音に恐怖を覚えて躰を硬直させた。シン……、と静まり返った後、おそるおそる目を開ける。

「大丈夫ですか！」

「……う……っ」

店の担当者や店長たちが、心配そうに覗き込んでいた。よく知っている顔ばかりで、匡はポカンとしたまま全員に視線を巡らせる。

「大丈夫ですか！　猪瀬さんっ」

「えっと……、はい」

身を起こすと、周りから安堵の声が沸く。

「どこかケガは？　痛むところとかありませんか？」

「いえ、全然」

不思議なほど、何も感じなかった。立ち上がってみても、それは同じだ。

「あの……何があったんでしょう？」

周りの地面を見ると、いろいろなものが落ちていた。

聞くと、木材を運んでいたフォークリフトの担当者が操作を誤り、資材を入れている棚に触れてしまったらしい。それが天井から吊《つ》るしてあるボードを固定している紐《ひも》に引っかかり、ボードと照明器具が落ちてきたのだ。ほぼ直撃に近い形で落下したため、そこにいた全員が顔面蒼白《そうはく》になった。

「そうだったんですか。でも、大丈夫です。全然痛くないし」

「駄目です。病院に行きましょう。誰かつき添わせますので。後で具合が悪くなって……なんてことになったら、大変ですから」

「そうですね。申し訳ありません。大事を取ってそうさせていただきます」

「いえ、謝罪すべきはこちらです」

このまま仕事を続けて具合が悪くなったりしたら迷惑をかけてしまうと、匡は素直に病院に行くことにした。会社に報告を入れ、午後の予定を変更してもらうよう取引先へ連絡した後病院へ直行する。

大袈裟なことになってしまったなんて反省しながら、匡はつき添いの副店長の車で病院に向かった。


『次のニュースです。環境保護団体・ピースオブアースのメンバーによる誘拐未遂事件を受け、外務省はG７《ジーセブン》で構成される国際テロ対策委員会に……』

待合室のテレビから流れてくる物騒なニュースを聞きながら、匡はぼんやりと椅子に座っていた。周りには年寄りと子供連れの女性、松葉杖《まつばづえ》をついた高校生がいる。

つき添いで来てもらった副店長には、病院に到着した時点で帰ってもらうよう言ったが、匡のことが心配らしく、まだ隣にいた。店で起きた事故だ。責任もあるだろうと、素直に世話になることにした。

「気分は悪くないですか？」

ぼんやりしているのはもともとだが、ケガのせいだと思ったようだ。必要以上に心配をかけてはいけないと、慌てて姿勢を正す。

「あ、はい。もう……本当に大丈夫です。CTも撮ってもらって、異常はないと言われました」

そうは言ったものの、時間が経《た》つほど躰のあちこちに痛みが出ているのも事実だった。アドレナリンが出ていたのだろう。頭のケガは大したことはないが、特に肩の打ち身が酷いようで、診察室で診《み》てもらった時はかなり青黒く変色していた。

「今回は、本当に申し訳ありませんでした。この後は自宅まで送ります」

「いえ、本当にもう大丈夫です。電車のほうが早いですから。それよりすみませんが、営業車を取りに行くまでお店の駐車場に停《と》めさせてください」

「それはもちろん」

「じゃあ、そういうことで」

万が一、キファーフたちの存在を知られたらと思うと、どうしてもマンションまで送ってもらう気にはなれず、匡にしてはめずらしく強引にここで別れることにする。

支払いが終わると駅まで車で送ってもらい、自宅に向かった。通勤時間とは違って電車内の座席は空《す》いており、快適だった。

マンションに着いたのは、午後三時近くだ。

「お帰りなさ……、どうしたのだ、匡」

ドアを開けたサラマが、匡を見て目を丸くした。まるで幽霊でも見たような顔をしている。

「キ、キ、キファーフ様っ！　大変です！　匡の頭がミイラになったのです！」

頭部の包帯はインパクトがあったようで、サラマは両手を挙げ、てけてけと部屋の奥へ駆けていった。ほどなくして、キファーフが奥から出てくる。ゴージャスな衣装なのを見て、外から見られてはいけないと、匡は慌ててドアを閉めて部屋の中へと入った。

「どうした、匡」

「いえ、そんな大したことじゃないんです。実は……」

説明しようとしたが、奥から出てきたイシュタルがフンと鼻を鳴らしながら言う。

「なんとも憐《あわ》れな姿になったものよのう。さては強盗にでも遭ったな。人間という奴は、私利私欲にまみれておるからな」

「本当か？　どんな奴だ。俺が犯人を見つけて爆破してやる」

「あ、違います違います。強盗じゃありません」

戦闘を得意とするヌッカヌッカ科の血が騒ぐのか、キファーフが気色ばんだ様子で外に出ようとしたため、匡は腰にしがみついてそれを止めた。以前、ゴキブリを退治した時の正確な攻撃を思い出し、冷や汗を掻《か》く。

「強盗なんかに遭ってません。自分でこうなったんです」

匡は、三人を部屋に押し込んだ。そして、店側の落ち度は言わず、病院で診てもらったことなど説明する。すると、サラマが心配して損したとばかりに口を尖《とが》らせて言った。

「まったく、匡は相変わらず鈍臭い奴だな」

「……すみません」

なんとかわかってもらえたかと胸を撫で下ろした匡は、ふとちゃぶ台の上に広げてあるものに目をやった。山積みになっている緑色の植物。

「そら豆……」

「あ。そうなのだ。みんなでそら豆の皮を剝いていたのだ。匡が帰る前に、そら豆ご飯を炊いておくつもりだったのだ」

この三人がそら豆を一つ一つ房から取り出す作業をしていたのかと思うと、なんとも心がほっこりとして、匡も混ざりたくなる。平日のこの時間に帰っていることはほとんどなく、普段とは違うのもなんだか特別な気がする。

「じゃあ、俺も一緒に剝きます」

匡はスーツを脱いで着替え、ちゃぶ台の前に座ってそら豆の皮を剝き始めた。新聞紙を拡げた上には、今日収穫したばかりのそら豆が山積みになっている。二つに折ると、パキッといい音がした。それだけ新鮮な証拠だ。中から出てきた豆も、ぷっくりといい形をしている。

四人でちゃぶ台を囲んで作業をするのは、楽しかった。

「キファーフ様。そら豆ご飯、美味しく作りますね。作り方はピーキュー三分クッキングでちゃんと見たのです」

「そりゃ楽しみだな。匡の胸の二つのお豆さんは俺が……」

「――結構です」

皆は言わせませんとばかりに、間髪入れずに突っ込む。

「しかし、そちもアホだな。照明の下敷きになるなんて」

「冬場にかけて忙しくなるんです。クリスマスシーズンはイルミネーションで飾る人もいるから、ライティングとかも。それでみんなバタバタして、た……、……から」

イシュタルがじっと自分を見ているのに気づいて、匡は手を止めた。非難めいたそれは、とても冷ややかだ。

「あんなもの、電気の無駄使いだ。人間というものは、本当に愚かな生き物だな。明かりをすっかり消してしまえば、空に美しいイルミネーションが見られるというのに」

「……すみません」

匡は、思わず謝った。

主に対してそれなりに愛情は持つようだが、基本的に人間全般にはいい印象を持っていないのを忘れていた。自己中心的で欲深い生き物だと、よく口にする。イルミネーションの話などするんじゃなかった……、と反省した。

「おいおい、そう苛めるなよ。匡を苛めていいのは、俺だけだ。そんなに発電したいなら、俺の腰に発電機つけとけ。匡をシェイクするたんびに、充電できるぞ」

ふふん、とキファーフは意味深に笑うが、イシュタルも負けてはいない、その顎の下に指をかけてクィと上を向かせてから誘う。

「それなら、余と寝てみるのはどうだ？　余の尻なら気持ちよくて一晩中発電しっぱなしでいられると思うがな」

「あほう。相手が匡だから、高速の腰使いができるんだろうが」

二人のやりとりを聞きながらそら豆の皮を剝いていた匡は、ふと、下に敷いている新聞記事に目を止めた。目で内容を追い、キファーフと下ネタで張り合っているイシュタルをチラリと見てから、そっと手で記事を隠す。

それは、誘拐未遂事件を起こした『ピースオブアース』に関する記事だった。病院の待合室でも、このニュースを見た。ウユニ塩湖の資源開発に乗り出そうとしている企業のCEOへの恐喝事件も起きており、ボリビア政府に対しても声明文が出されている。変電所などを狙ったテロ未遂事件を起こすなど過激な行動に向かっているが、彼らの言い分の根本にあるものは、今イシュタルが言ったことにも通じる。

なんとなく見られないほうがいい気がして、そら豆の皮で記事を覆い隠した。

「お。どうした匡。めずらしくてきぱきしてんじゃねぇか」

「本当ですキファーフ様。匡の様子が変です。ケガをして匡の緩んだねじが締まったのかもしれないのです」

「そうかもしれません」

はは……、と笑い、まるで自分の罪を隠すようにさらにそら豆の皮を積み上げていった。

「おおっ、おおおおっ、匡の手が高速で動いてるぞ！」

「めずらしいのう。まぁ、そちは昼行灯だが、人間の中ではマシなほうだろうな。余にキスの一つもせず手放したあの馬鹿な男と同じくらいお人好《ひとよ》しだがの」

イシュタルの言葉は、意外だった。匡に対してそんな言葉が飛び出すなんてと、キファーフとサラマも少し驚いたような顔をしている。

共同生活をしているうちに、匡を知り、心を許すようになったようだ。

本当は喜ぶべきことだが、今の匡は素直にそう感じることはできなかった。

原因は、キファーフを想うあまり、封印して永遠に自分だけのものにしたいだなんて考えてしまったことだ。一瞬でもそんな考えをよぎらせたことが、ずっと心に引っかかっている。

「どうしたのだ、匡」

「い、いえ……」

その時、チャイムが鳴り、匡は逃げるように慌てて立ち上がった。インターホンを覗くと郵便配達人だった。書留が届いたようで、玄関先でサインをしてそれを受け取る。

「なんだろ?」

差出人は、食品メーカーになっていた。少し考えてから、すぐに思い出す。

「あ！」

「どうした？」

「これ、この前応募した懸賞です」

「当たったのか！　タコさんウィンナー制作キットが当たったのか！」

サラマが、目をキラキラさせながら駆けてきた。ぴょんぴょんと跳ねて手元を覗き込んでくるが、匡は表情を曇らせた。封を開けて出てきたのは、予想とは違ったものだったからだ。

「あの……これ、A賞です」

当たったのは、どうやらイギリス旅行だ。C賞よりも当選確率は低いが、欲しいものが当たらなければ意味がない。

「タコさんウィンナー制作キットじゃないのか？」

「はい」

途端に、サラマの表情が曇った。あんなに喜んでいたのに、うっかりぬか喜びさせてしまった。『当選は賞品の発送をもって』とあったのだから、封筒で届いた時点で気づくべきだった。この薄っぺらい封筒に、あのキットが入るはずがない。

「せっかく当たったと思ったのに……」

涙を浮かべるサラマを見て、匡も悲しくなる。

「あの……っ、多分、便利グッズで出てると思います。探しに行きますか？」

「俺はこの景品のがよかったのだ。このタコさんのキャラクターが可愛いのだ」

「じゃあ、ネットで探しましょうか。もしかしたら、オークションに出てるかも……」

「オークションじゃなく、ちゃんと当たったのが欲しいのだ」

言われ、当たったという事実も込みで嬉《うれ》しいのだと気づく。それ以上言葉が出ず、匡も黙り込んだ。サラマを元気づけることすらできない自分が、とてつもなく無能に思えてくる。

「いいじゃねぇか。みんなで海外旅行すりゃ。キットもいいが、思い出作りってのも案外楽しいかもしんねぇぞ」

「キファーフ様……」

涙をためて俯《うつむ》いていたサラマが、顔を上げた。

「サラマ、お前は誰かと旅行したことねぇだろ」

「はい」

「だったらせっかく当たったんだ。楽しんだほうがいいぞ。鞄にお菓子詰めてな」

「本当ですか、キファーフ様！」

「おやつは二百円までだ。バナナはおやつに入らねぇからな。俺のバナナは匡のシークレットガーデンに……」

「——入りません！」

匡がすかさず言うと、サラマは声をあげて笑った。

「じゃあ、お菓子を買いに行かなければいけませんね」

　明るいサラマが戻ってきた。

　いつもは下ネタを口にしてばかりだが、こういうところは本当に頼りになる。もし、キファーフが慰めてくれなければ、サラマはあの悲しい表情をずっと貼《は》りつかせたままだったろう。

「ふん、そんなにはしゃぐことか？　海外など、我らならいつでも行けるというのに」

「みんなでわざわざ『旅行』するのがいいんだろうが。行きたくねぇなら、留守番してろ」

「余は行かぬとは言っておらんぞ」

「なんだ、やっぱり行きたいんじゃねぇか。匡。会社は休めるよな。ケガでもなんでも口実作れるだろう」

「適当にっていうのは無理ですけど、年明けならなんとか。これっていつからだろ」

　旅行の期間は、年末年始を外した十二月から二月末日までとなっていた。

「いつもクリスマスや年末年始は大売り出しの販売応援で休日出勤が続くんです。それで、年明けの一月中旬くらいには、毎年まとめて休みを取っているので……」

　今年もクリスマス時期から年末年始は、びっしりと予定が入っている。二日が初売りというホームセンターもあり、その準備の手伝いもあって、このところ年末は休日出勤が続いているのだ。しかも、冬場は春先や秋に比べてガーデニング用品の動きは鈍くなるため、年始の初売りが終われば、比較的暇な時期になる。もともと取ろうと思っていた休暇にさらに有給を二日足せば、九日間の休みも可能だ。

「じゃあ、仕事を調整して有給申請してみますね」

「匡、がんばるのだ。俺たちと一緒に旅行するんだぞ」

「はい。ちゃんと交渉してきますね」

握り拳を上げて応援するサラマに、匡は今度こそ落胆させまいとしっかりと頷いた。


まさに降り注ぐと言うにふさわしい月の光で、辺りは満ちていた。このところ朝晩の冷え込みは厳しく、冷たい空気をめいっぱい吸い込むと鼻の奥がツンと痛くなる。

その日、キファーフと一緒に切れたシャンプーを買いに出た匡は、二人肩を並べて夜道を歩いていた。手には、コンビニの袋をぶら下げている。中には、シャンプーの他にデザートも入っていた。サラマへの土産だ。

「もうすっかり冬ですねぇ。鍋《なべ》が美味しい季節です。今度週末みんなでしましょうね」

「おう。きりたんぽ鍋か?」

「普通の鍋がいいです」

いつもの派手な衣装でも寒くはないようだが、外に出る時は人間らしい格好をしてもらっている。露出度の高い衣装もいいが、今着ているタートルネックのセーターとカーゴパンツのような普通の格好も似合う。引き締まった肉体は、見せびらかさずとも十分にわかるのだ。店では、キファーフをチラチラ見ている女性もいた。

アラブの王様がお忍びで遊びに来たのではないかと思うほど、さまになっている。

「でも、早いですね。もう今年もあと少しです」

海外旅行が当たってから、匡は会社に事情を話して年明けの休暇について相談をした。すると、意外にもあっさりと承諾を得ることができたのだ。

やはり、一年で一番余裕のある時期というのがよかったのだろう。ガーデニングの本場とも言われるイギリスに行くことは、仕事にもプラスになる。取引先との調整も無事に終わり、あとは仕事に忙殺される年末から年明けにかけての予定を消化するだけだ。

「疲れたか?」

「え……」

「このところ帰りも遅ぇしな。仕事の調整が大変なんだろ?」

「いえ、そんなことないですよ」

さりげない優しさに、匡は目を細めた。すると、キファーフは立ち止まってじっと顔を見てくる。野性的で整った顔立ちのキファーフに、こうもマジマジと見つめられると恥ずかしい。

「な、なんですか？」

「やっぱり変な顔してやがる」

「変な顔はもともとで……、――っ」

鼻をつままれ、左右に揺すられた。

「いたたた……。痛いです、キファーフさん。痛いです」

「お前、ときどき変な顔してんだろうが。何かあったのか？」

「いえ……っ、何も……」

「本当かぁ？」

「本当です。離してくださ……っ」

「ならいいが。悩みがあるんなら、ちゃんと言えよ」

「はは……、その時はそうします」

ようやく解放してもらい、匡はジンジンする鼻先を指でマッサージする。

四人での生活は楽しいが、匡の心に芽生えた憂いが消えることはなかった。ふとした瞬間に、自分が死んだ後のことを想像して悲しくなる。

たとえキファーフがランプの精で魔法が使えるとしても、人間との寿命の違いはどうしようもない。キファーフは神ではないのだ。自然の摂理に逆らえないのなら、言わないほうがいい。自分がそんなふうに不安を抱えて死んだら、後味も悪いだろう。

だから、いずれ信用できる誰かに快くランプを譲るのだ。私利私欲のために使われないよう、戦争などに利用されないよう、次の主を見つける。それが、ランプを手にした自分の使命だ。覚悟をしなくてはいけない。今のうちから、ちゃんと準備しておけば、その時が来てもきっと笑顔でさよならを言えるだろう。

このところ、ずっとそう思えるよう努力してきた。何度も自分に言い聞かせてきた。

だが、現実はそう簡単ではないようだ。

どう自分に納得させようとしても、いずれ来る未来を思って胸が苦しくなる。

(本当に……そんなふうに、なれるのかな)

不安だった。

キファーフにとって、思い出して心が温かくなるような主でいたい。キファーフが後味の悪い思いをする死に方をしたくない——そう思えば思うほど、自分が理想とは逆の人間になっていくような気がする。

「散歩、終わるの勿体ねぇな」

「そうですね。寒いけど……こうして二人で歩くのは、久し振りだし」

「マンションの部屋は邪魔がいるからな。このままちょっくら遠出するか」

言うなり、キファーフは目の前に絨毯を拡げた。

「ちょ……っ、誰かに見られ……、……っ」

慌てて周りを見るが、いきなり横抱きで抱えられてあれよあれよという間に、それに乗せられる。

「み、見られます！　見られます！　――ぅわ……っ！」

「平気だよ」

言うが早いか、絨毯はあっという間に空に飛び立った。下を見ると、住宅街がみるみるうちに小さくなっていく。キファーフが大判の布のようなものを出し、匡を包んでくれた。

これで寒くない。冷たいのは、鼻先だけだ。

「……あの」

「心配すんな。いやらしいことはしねぇよ」

「その言葉を信用します」

「ま。して欲しいなら、喜んでするがな」

イタズラっぽく笑いながら言われ、男らしい色香を感じるキファーフをマジマジと見つめ返した。

こんなふうに優しくされると、切なくなる。以前はなかった、心の痛みだ。一緒にいる時間が長いほど、どんどんこの痛みは大きくなる。いつか必ず来る別れに対する恐怖――いや、とてつもない寂しさが、迫ってくるのかもしれない。

本当はわかっているのだ。

備えなければと、その時のことを想像してみたりもしたが、慣れることなど絶対にない。耐性などつくようなものではない。愛する者との別れに、準備などしても無駄だ。

どんなに心構えをしていても、辛いものは辛い。苦しいものは、苦しい。

「あの……」

「なんだ?」

「いえ。なんでもないです」

匡は、出かかった言葉を呑み込んだ。

「やっぱり、なんか変だな」

「仕事が忙しいから、ちょっと疲れてるのかもしれません」

「そうか。じゃあ、明日の晩飯は鍋でもするか」

キファーフの野性味溢れる姿を見ていると、寿命の違いとともに気づいた一つの事実に胸の奥が苦しくなった。どうしようもない、現実。

自分はどんどん歳《とし》を取るが、キファーフはこの美しい姿のままだ。

歳を重ねてよぼよぼのおじいさんになったら、今無理をしてそう仕向けなくても、自然とキファーフを手放す心構えができてくるのかもしれない。自分だけが年老いていくことに耐えかねて、むしろ手放したくなるかもしれない。それどころか、まざまざと現実を見せつけられれば、諦めが心を穏やかにするかもしれない。

そうなればいいと思う。

そうなればいいと思っているはずなのに……。

(このまま、時間が止まらないかな……)

どう転ぼうと自分の未来は望まぬことばかりのような気がして、胸が締めつけられる。

「みんなで鍋をつつくのもいいですね。イシュタルさんも、なんだかんだ言って庶民的な生活に慣れてきてるし、楽しそうにしてますよね」

「昔からああいう奴だ」

「忘れられない人がいるっていうのも、なんとなく納得します。案外一途《いちず》そうです」

「ああ。ときどき話に出てくるな。足元見られてイシュタルを譲った馬鹿な男だろう?」

「どんな人だったんでしょうか」

匡は、空を見上げた。

イシュタルが言っていたように、周りに人工的な明かりがなくなると、星はより輝いて見えた。人間を嫌うのも、わかる気がする。

それでも、主に対しては愛情を持つのだ。そして、誰かを想い続けている。

「いつくらいの時代の人だったんですかね。死んだ後もずっと想われてるなんて、きっとすごく素敵な人だったんでしょうね」

自分もそういう主でありたい。

匡は、イシュタルの心にいつまでも住んでいる主について、思いを馳《は》せた。あのイシュタルの心を捉えて放さないなんて、本当に素敵な人だったのだろうと思う。どんな気持ちでイシュタルを手放したのだろうかと想像し、自分の気持ちと重ねてみた。

もう一度キファーフを盗み見て、また空を仰ぐ。

ずっとこうしていたいと思った。

ずっと、ずっとこんなふうにキファーフの側にいたいと……。

どうして自分は人間なのだろう――そんな思いに包まれ、匡はとうとう涙を零《こぼ》した。

「どうした?」

「いえ……、なんだかあんまり星がきれいだから、感動しちゃって」

「ここまで上ってくると、見え方が全然違うからな」

「キファーフさんのおかげです。こんなにきれいな星空は、普通は東京《とうきょう》では見られませんから」

涙を拭い、「へへ……」と照れ笑いして、自分の本音を隠した。

忘れよう。

自分たちがこの先どうなるかなんて、考えるのはやめよう。

今、こうしてキファーフといることを大事にするのだ。この時を、こうしていることを胸に刻んで、大事にする。それが、今自分にできることだ。

あとは、時間が解決してくれる。

そう信じることにし、匡はいつまでも涙で揺れる夜空を眺めていた。

3

忙しいクリスマスシーズンを乗り越え、年末年始の仕事に忙殺される日々が終わった。

特に年末年始は働きづめで、大忙しだった。それがむしろ悩みを抱える匡の助けになったのは、言うまでもない。考え事をする暇もなく、外回りに出て躰を動かし、会社に帰ると書類仕事に追われ、自宅に帰る頃には風呂に入って寝るだけがやっとだ。用意されていた夕飯もそこそこに布団に潜り込んだ日は、数え切れないほどある。

ようやくホッとできたのは、日本を発つ二日前のことで、旅行の準備をバタバタと終わらせて匡は空港に向かった。十二時間あるフライト中、食事以外はほとんど寝ていたため、ヒースロー空港に着いた時は意外に近いものだな、なんて思った。

添乗員の誘導に従いバスに乗ってホテルまで移動し、ロビーに集まって部屋の鍵を受け取る。日本語ができるガイドがついているとはいえ、行きと帰り以外はほぼフリーだ。用意されたオプショナルツアーも匡は一つも申し込まず、自分でプランを立てている。

「本日はここで解散します。オプショナルツアーを申し込まれている方は、明日の朝八時にここに集合してください。それでは、ご旅行をお楽しみください」

解散すると、匡はスーツケースを転がしながら自分の部屋に向かった。

当選がわかった時はみんなで旅行なんて言ったが、結局、ランプと壺《つぼ》の中に入って手荷物として機内に入れて運んだのだ。よく考えれば、ランプの精が空港のゲートを通れるはずがない。また、飛行機の中で出そうにも席がないし、キャビンアテンダントに乗客ではない者たちが乗っていると気づかれれば、テロ事件かと疑われて大騒ぎになる。ここに来るまでもガイドがいたため、外に出す時間はなかった。

結局、いまだに三人はリュックサックの中だ。

「えっと……七〇三、七〇三……っと。あ、あった」

部屋に入ると、匡はスーツケースを開けるより先に、リュックサックの中からランプと壺を取り出してベッドに置いた。

「もういいですよ。サラマさん、出てきてくださーい」

壺をトントンと叩くと、中から声が返ってくる。

『わかった。出るから上手に受け止めてくれ』

「はい。準備はオッケーです」

上着を壺に被せて待っていると、サラマが壺から勢いよく飛び出してきて、匡はそれをキャッチした。まだ成長途中のサラマは、自分で出入りできるが脱皮してからは壺の口を通り抜けるのが少し困難になってしまった。入る時も尻をぎゅっと押し込んでやらないと入れないため、このところ壺の中に入るのは最小限に留《とど》めているのだ。

「ふーっ、長い旅だった。キファーフ様とイシュタルは？」

「今、ランプから出します」

イシュタルのランプを擦って中から出すと、次にキファーフのランプを手に取った。今度こそ股間を擦りませんように……、と祈りながら、手を添えてそろそろと撫でた。すると、もくもくと煙が出てきて中からキファーフが姿を現す。

「――ぅぉぉぉおおおーーーーっ！　いきなり積極的なアピールだなぁ、匡！」

キファーフは、盛大に勃起していた。ベッドに仁王立ちして匡を見下ろし、凶悪なまでの野性の色香を放ちながら、ニヤリと笑う。

「さっそくお誘いか？　お前も好きだな。俺の原生林にそびえ立つバベルの塔が雲を突き抜けて天まで届く勢いだぞ」

「そ、そんなつもりは……っ！」

「いつにも増して丁寧なマッサージだったぞ。いつの間にそんな柔らかなタッチを覚えたんだぁ？　そんなに俺が欲しかったんなら、望みを叶《かな》えてやる」

「だから、違うんですって！」

逃げようとすると、襟を摑まれて引き戻される。飛行機の中にいて退屈だったのもあるだろう。目がどこか血走っていて、サラマやイシュタルの存在は視界に入っていないらしい。

「イシュタルさん……っ」

いつもならすぐに二人の邪魔に入るはずのイシュタルは、悠長に構えていた。備えつけの紅茶を飲もうとしているのか、ポットに水を入れてセットしている。

「いい加減にしろ。まだ着いたばかりだぞ。余の前でキファーフを誘うなど、まったく……大胆な奴め」

いつもと少し違うイシュタルにキファーフは毒気を抜かれたようで、あっさりと匡から手を放した。サラマもすぐに気づいたようだ。三人で顔を見合わせる。

「ま、旅行は長いんだ。今日のところは許してやる。それより、腹ぁ減ったな。飯喰うか」

気を取り直したようにキファーフが言うと、旅行を楽しみにしていたサラマがガイドブックを手に、目を輝かせて訴える。

「俺はフィッシュアンドチップスが食べたいのです！」

「じゃあ、ご飯食べに行きましょうか。どこか美味しいお店あるんですか？」

「任せるのだ。まずはホテルの近くにある店に行くのだ！」

四人まとめて部屋を出るのはまずいと思い、時間をずらして一人ずつホテルから出た。外で合流すると四人でサラマお勧めの店に向かう。かなり寒いが、異国の地を歩いている高揚感があるのか。全然気にならなかった。

「匡。そう言えば、明日は庭見に行くんだろう？」

「はい」

「冬は花が咲いてねぇだろ？」

「単にきれいな庭を見たいんなら、やっぱり春がいいですけど、まったく咲いてないわけじゃないです。それに、仕事では冬の庭造りの提案をどうしたらいいかわからなくて困ってるから、ちょうどいいかもしれません」

「ぼけっとしてるわりに、ちゃんと考えてんだな」

確かに、老後を楽しみに細々と生きている匡だが、かと言って手を抜いて仕事をしているわけではない。だからこそ、会社のみんなも今回の旅行に快く送り出してくれた。

「あ、ここだ！　このお店が美味しいらしいのだ」

サラマが、嬉しそうに路地の奥を指差した。闇に浮かぶ店の明かり。あまり観光客らしい人の姿はないが、繁盛している。中に入って席につくと、写真つきのメニュー表がテーブルにあった。フィッシュアンドチップスの他にもスペアリブなどの料理があるが、ほとんどのテーブルにはタラとポテトのフライが山のように盛ってある籠が置かれている。飲み物以外は全員同じものを注文することにし、店員を呼んだ。

「すみませーん。あ、えっと……オーダープリーズ」

慣れない英語で呼ぶと、エプロンをしたふくよかな女性がにこやかにやってくる。言葉はちゃんと通じるだろうかと内心ドキドキしていたが、キファーフは当たり前のように日本語で注文する。

「このフィッシュアンドチップスを四つ。ビール三つとオレンジジュース一つな」

店員はにこやかに頷くと厨房《ちゅうぼう》にオーダーを通した。

「どうして日本語が通じるってわかったんですか？」

「日本語じゃねぇよ。ランプ語みてぇなもんだ。聞く人間によって聞こえ方が変わる。母国語に聞こえるんだよ。匡には俺たちの言葉は日本語に聞こえるだろうが、相手には英語に聞こえてる」

「そ、そんな秘密が……っ！」

キファーフたちには散々驚かされたが、まだ自分の知らない秘密が隠されていたのかと目を丸くした。そして、改めてファンタジックな存在と一緒にいるのだと思い知る。

普段は生活感がありすぎて、なかなか実感しない。

「あ、匡。とうとう来るのだ！　フィッシュアンドチップスが来るのだ！」

店員が両手に料理の入った籠を持ってくると、サラマはテンションを上げる。

「わぁ！　美味しそうだ！」

出てきたのは、籠からはみ出すほど大きなタラのフライと山盛りのフライドポテトだった。イギリスを代表する料理だが、食べるのは初めてだ。ビールとオレンジジュースも出てくる。

乾杯をしてから、さっそく手をつけた。一口囓《かじ》ると、サクサクの衣がいい音を立てた。新鮮な魚を使っているのだろう。、身はホロホロで蕩けるようだ。

「美味しいです！　外がサクサクで中のお魚はふわふわです」

「ビネガーかけても旨《うま》いぞ」

「こっちのタルタルソースも合いますね」

キファーフは一人前では足りないらしく、追加注文する。すぐに揚げたてのフィッシュアンドチップスが出てきた。食べ方はいつ見ても豪快で、見ているほうまで食欲が湧いてくる。

飛行機の中でたっぷりと睡眠を取ったため、たまりにたまった疲れもすっかり癒え、躰は元気だ。そのぶん食欲もある。

「今日はもう出歩く時間はねぇからな。飯喰った後はホテルに帰るか。明日は庭見学もあるしな」

「余もつき合ってやる」

イシュタルは、手摑みで白身のフライを食べながら言った。最近は、随分と庶民的な生活に慣れてきたが、美しい男が大きな口でかぶりついているのはなんだかおかしい。

腹が満たされると、店を出てホテルまで歩いて向かう。

「雪だ！　雪が降ってきたぞ！」

サラマがぴょんぴょん飛び跳ねて空を仰ぎ見ながら、「あーん」と口を開けた。どうりで寒いはずだと、手のひらを上にして落ちてくる雪を受け止める。音もなく溶けるそれは、儚《はかな》さを感じさせるものだ。この楽しい時間も、この満たされた気持ちも、当たり前にあるようで本当は違う。普段は意識していないが、とても価値のあるものだ。キファーフとの寿命の違いを意識するようになっているからか、そう強く感じるようになった。

そしてふと、イシュタルの様子がいつもと違うことに気がつく。

「あの、どうかしたんですか？」

「いや……」

懐かしそうな目をしていた。いとおしい何かを思い出している目と言ってもいい。

やはり、イギリスに着いてから何やら様子がおかしい。キファーフをランプから出した時も、股間を盛大に勃起させて匡に襲いかかってきたというのに、さほど気にしていなかった。

「昔、この国に住んでいたことがあってな」

「そうだったんですか」

なるほど……、とようやく納得した。いい思い出でもあるのだろう。お色気を振りまきながらキファーフに迫っていたイシュタルが、感傷的な表情を見せるのだから……。

「まぁ、すっかり変わってしまった。人間どもが変えてしまったからな、面影などこれっぽっちもない。本当に人間という奴は、困ったもんだ」

そう言いながらも、懐かしそうな目をしていた。何か感じるのかもしれない。形として残っていなくても、その土地が持つ空気のようなものが、イシュタルに過去を思い出させ、こんな表情にさせる。

イシュタルにしか感じられない何か。

もしかしたら、この前からたびたび話題に出てくるアホな主という人がいた場所ではないかと思った。悪く言っていても、イシュタルの言葉からは愛情のようなものが感じられた。むしろ悪く言えば言うほど深い想いが伝わってきて、悪態が心地好く感じる。

おそらく、好きだった主だ。

「イシュタルさんがいた頃っていつです？」

「さぁ、忘れた。昔のことだ。どうでもいい」

本心ではないと思ったが、追及するのも野暮《やぼ》だ。それ以上、深く聞かないことにする。

「ところで、キファーフさんは……、あれ……？」

一緒に歩いていたはずのキファーフの姿が、忽然《こつぜん》と消えていた。慌てて辺りを見渡すと、少し離れたところで何やら人だかりができている。その中から、キファーフの声がした。

「何をやっておるのだ」

イシュタルがそちらに向かうと、匡とサラマも続いた。ビールのグラスを手に、中年の男女が声をあげて笑っている。どうやらキファーフと飲み比べをしているらしい。

「匡。お前も飲むか〜？」

そうだった。イギリスはパブが有名で、こういった路地には酒に酔った人たちがいる。昼間から飲んでいる人もめずらしくない。

「あの……えっと、え……？　俺は……いや、……これ……っ」

ビールの入ったグラスを押しつけられ、飲まざるを得ない状況に陥った。

それにしても、馴染みすぎるほど馴染んでいる。匡たちがキファーフの連れだと知った彼らは、一緒に飲もうと言って匡たちを巻き込む。もじゃもじゃの毛が生えた腕を巻きつけられ、ビールのグラスを持たされ、飲め飲めと急《せ》き立てられた。酔っ払いとは言え、気さくで人懐っこい。しかも、化粧をしたど派手な中年男性がキファーフの筋肉質の躰を撫で回していた。

いつでもどこでも誰にでも。

モテる男は人種も性別も超えてしまうものなのだと、改めて気づいた。


翌日、匡は予定より三十分遅く目を覚ました。目覚ましは、どうやら自分で止めてしまったようだが、早めにセットしていたため時間の余裕はある。出かける準備をする間、テレビでもつけておこうとメガネを装着した後リモコンを手に取った。

全部英語の番組だった。どのチャンネルにしても流れてくるのは英語で、自分が海外にいることを実感した。辛うじて『ＢＢＣニューズ』という単語が聞き取れただけだが、映像からニュースの内容は大体わかる。

どうやら、昨日匡たちが到着する前にロンドンの地下鉄で事故があったらしい。今は復旧しているようだが、赤い二階建てのロンドンバスに並んでいる人々の映像が流れる。

「本当にロンドンにいるんだなぁ。あ。『ポムとチェリー』だ」

チャンネルを替えると、日本でも放送されたことのある海外のアニメが流れていた。もちろん吹き替えではなく、英語だ。チャンネルはそこに合わせたままにし、洗面所で顔を洗って歯を磨く。鏡の中の自分を見ながらシャカシャカという歯磨きの音を聞いていると、なんだかぼんやりしてきてしばらく歯を磨いていた。

と、その時。

「――うわぁ！」

部屋からサラマの声がして、匡は歯ブラシを片手に慌てて戻った。すると、部屋の隅で顔をしかめて尻をさすっている。どうやら、一人で壺から出たためどこかにぶつけたらしい。

「サラマさん、大丈夫ですか？」

「いたたたた……。やっぱり一人で出るんじゃなかったのです」

「言ってくれればよかったのに」

「だって、面白そうなテレビの音が聞こえたのだ。だからなんだろうと思って」

テレビを見ると、まだ先ほどのアニメが流れていた。自分よりも長く生きているはずのサラマが、猫とネズミが追いかけっこをするアニメの音声に匡を呼ぶのも忘れて飛び出したのかと思うと、可愛くてならない。

「今度は呼んでくださいね。すぐ飛んできますから」

「次はちゃんと匡にキャッチしてもらうことにする。それより、キファーフ様たちもそろそろ起こしたほうがいいぞ」

「そうですね」

匡は、いったん戻って口をゆすいでからイシュタルのランプに声をかけた。中から返事が聞こえて出せと要求される。イシュタルのランプを擦ると、背伸びをしながら出てくる。

「う～ん、よう寝た。昨日は少し飲みすぎたからな。キファーフはどうだ？」

「あ。今起こします」

匡は、身構えてからキファーフのランプを手に取った。

「キファーフさん、起きてますか？　行きますよ～」

絶対今回もそうしてしまうだろうと、半ば諦めの気持ちでランプを擦る。ランプの口からもくもくと煙が上がり、キファーフが出てきた。

「うぉぉぉおおお～～～っ、俺のビッグベンが朝の七時をお知らせするぞ！」

「……もう八時です」

「相変わらずお前はピンポイントで擦ってくれるな」

仁王立ちするキファーフの中心にそびえ立つものを見て、やっぱりやってしまうのだなと諦めの溜め息をつき、自分の手のひらに視線を落とした。いったいどんな才能なんだと、自問する。この才能がキファーフをエレクトさせること以外に役に立つ日が来るのだろうかと思った。

おそらく、来ない。

「なんなら今すぐ突っ込んで、お前という楽器でビッグベンの鐘の音に負けねぇ音色を奏でてやるぞ」

「朝からテンション高いです」

歯を磨いているうちにようやく目が醒《さ》めてきた匡は、ランプから出るなりパワー全開で下ネタを発するキファーフに感心した。漲る生命力は、こんなところからも感じられる。

「今日は少し遠出になりますから、そろそろ出たいんですけど……」

「俺はいいぞ。もうアニメも終わったのだ」

「余もいつでも出られる。キファーフ、そなたも準備しろ」

意外にもイシュタルが冷静に促してくれたため、キファーフも素直に出かける準備をする。

今日向かうのは、郊外にあるイングリッシュガーデンだった。観光客向けに開放されている邸宅がいくつかあり、それらを見て回る予定だ。

ホテルの朝食は匡一人ぶんのチケットしかないため、外で食べることにする。サラマがあらかじめ調べておいた店で、朝十時まではメニューは一種類しかないが、それがたまらなく美味しいと評判だという。

「ここだここだ！　ここが美味しいのだ！」

サラマが、店を指差しながらてけてけと駆けていく。先に中に入り、席を確保すると、匡たちが席につく前に四人分の朝食を注文した。

「遅いぞ、匡」

「すみません。はは……。サラマさんは、いつも元気ですね」

座って二分も経たないうちに、料理が出てきた。フィッシュアンドチップスに並んで美味しいことで有名なイギリスの朝食は、一つのプレートにいろいろなものが乗っていて賑《にぎ》やかだ。

「わぁ！　写真で見たのと同じなのだ！」

サラマが目を輝かせて、フォークを手に取った。

ごく普通に見えるパンは外がサクッと香ばしくて中はもっちりしている。ベーコンやソーセージは燻製《くんせい》の香りが濃く、スパイスも効いている。大きなマッシュルームは食べ応《ごた》えもあり、バターとブラックペッパーの香りも絶妙だった。

「サラマのおかげで、旨いもんばっか喰えるな」

「はい、キファーフ様。でも、せっかくのおやつを食べるお腹の余裕がありません。バナナをおやつに入れなくて本当によかったです。危うく腐らせるところでした」

二百円分の菓子がホテルの部屋に置きっぱなしなことを思い出し、顔がほころんだ。何日も前からスーパーに買い出しに行き、あれでもないこれでもないと選んだ菓子だ。

「余ったおやつを家に帰って食べるっていうのも、醍醐味の一つなんですよ？」

「そうか！　匡は結構物知りだな。それだったら楽しみがまた増えるな！」

目をキラキラさせるサラマに、また自然と笑みが漏れる。

腹ごしらえが終わると、三人は地下鉄に乗って移動した。それからさらにバスに乗り換え、郊外の田舎《いなか》町へ向かう。慣れない海外だ。何度か迷いそうになり、予定より三十分ほど遅れて目的地に辿《たど》り着く。

「やっと着いたぞ！　匡、先に行くからな！」

「ふん、子供は元気でいいな。余はガキの相手は得意ではないのだが」

サラマが元気いっぱい駆けていき、イシュタルが文句を言いながらもついていく。匡たちも続いた。

「わ……、すごい」

やはり冬だけに、咲いている花は限られているが、それでも美しい庭であることに変わりはなかった。葉の色が花のように見える植物は、いくらでもある。それらの組み合わせでこんなに美しくなるのかと、感心した。

「すごい。きれいですね」

「俺には庭なんてわかんねぇが、歴史は感じるな」

匡は、どこか冬の寂しさを漂わせる庭に魅入っていた。春の華やかさはないが、それを待っている間の慎ましさのようなものすら感じる。

(あれ……)

ふと、先を歩いていたイシュタルが急に遠ざかったように見えた。

「キファーフ様！　見てください。変なオブジェがあります」

サラマがキファーフに駆け寄ってきたかと思うと、両手で右手を摑んで連れていく。早く見て欲しいようで、躰いっぱい使って引っ張っている。匡も追いかけようと思ったが、足が前に進まなかった。まるで自分の周りに空気の層ができたように、ふわりとする。

(……なんだ、……これ)

この感覚は、以前抱いたことがあった。起きているのに、夢でも見ているような感じだ。違う世界に連れていかれるような気がした。

(やばい……)

自分の前世を思い出す前、湯船や電車の中で溺れる夢を見た。溺れて死んだナウィーム王子だった頃の記憶が蘇りつつあったのだ。

その頃だ。キファーフとサラマと三人で水族館に行って、水槽の下で匡は急に圧迫感を覚えた。起きた状態でも水の記憶が押し寄せてきて、歩けなくなったのだ。

あの時はキファーフに声をかけられたため、すぐに我に返ったが、今日はそうはいかないらしい。どんどん現実から遠ざかっていく。

（キファーフさん、……待って……）

水族館の時のような恐怖はないが、現実の光景を見ながらも、意識がどこかへ飛ぶのを感じた。そして、目の前に違う光景が広がっていることに気がつく。

（え……、誰……？）

作業場のようなところで、汗を流している青年がいた。職人だろうか。

金髪でグリーンアイ。イギリス人のようで、スタイルがいいのがわかる。茶色の作業ズボンに生成りの開襟シャツ。身につけているものは、とても質素だ。周りにあるものは時代を感じる造りだった。今より貧しい時代だという印象がある。

真面目で優しそうな青年だが、その目は真剣で芯の強さも感じられた。そして、青年から少し離れた部屋の隅に、もう一人いることに気がつく。

（イシュタルさん……）

そこにいたのは、イシュタルだった。衣装はいつも匡が見ている露出度の高いもので今と変わらない。彼だけが、いつの時代も同じなのだということを目の当たりにした。

人間と違う時の流れの中で、生きているということを……。

『まったく、退屈だ。余をこんなに放っておくとは』

イシュタルが、不満げな言葉を吐いた。話しかけられているのは、匡ではない。その視線の先にいるのは、無言で何かの作業をしている青年だ。

『おい、聞いておるのか？』

不満を零すイシュタルに、青年は手を止めた。顔を上げ、困ったような笑みを浮かべてから手招きをする。

『イシュタル。おいで』

日本語ではないが、何をしゃべっているのかは理解できた。耳で聞いているというより、心に届いている。この光景も目で見ているのではなく、心で見ている感じがするのだ。

匡は、黙って目の前の光景をじっと見続けた。

『仕事中だ。退屈でも我慢しておくれ』

『そなたはいつも仕事ばかりしておる。せっかく余を手に入れたというのに、なぜ余と遊ばぬ。夜の愉しみはいろいろとあるのだぞ』

『それはまた素敵な誘いだな。でも、自分を大事にしなくちゃ駄目だよ』

諭すような言い方が、青年の本質をよく表していた。

決して裕福な暮らしをしているのではないとわかるが、満たされた顔をしている。大事なものがなんなのか、わかっているからだ。そして、大事なものをちゃんと手にしている。

それはおそらく、金や地位ではないだろう。

『お前も一緒にやってみるといい』

『余がか？　子供でもあるまいし、そんなもののどこが面白い』

『いいから……。ほら、手を貸しておくれ』

『面倒だな』

文句を言いながらも、イシュタルは椅子から立ち上がって青年の横に立った。青年が手本を見せた後その場を譲ると、見よう見真似で作業を始める。家具職人なのか、靴職人なのか、手元はよく見えないが、イシュタルの額に滲み始めた汗から、何か力がいる作業だというのはわかる。

『そうそう、上手だぞ』

青年が、笑いながらイシュタルを見つめている。

『くそ。硬いではないか』

『そうだよ。結構重労働なんだ』

『ええい。なぜ上手くいかぬのだ。言うことを聞け』

イシュタルが額に汗しながら力仕事をしているなんて、意外な姿だった。本人の話から、主を手玉に取るように接してきたはずだ。跪《ひざまず》かせ、時にはお馬さんごっこをして地位のある年配の男性を可愛がるように接してきたと聞いている。

　イシュタルはしばらく一人で格闘していたが、疲れたのか、ふと手を止めて溜め息をついた。そして自分の両手を見て、ポツリと零す。

『手が、荒れてしまいそうだ』

『そうだな。お前の美しい手が、汚れてしまう』

　青年は、イシュタルの手を取り、いとおしげな目をしながら手のひらを撫でた。深い愛情を感じる目だ。けれども、イシュタルはすぐさまその手をはねのけた。

『せっかくだ。最後までやらせろ』

　顔を赤くし、再び作業を始める。それが照れ隠しなのは、匡にもわかった。恥じらいもなく主との夜の営みについて公言し、ベッドのことを指南するイシュタルとは、まるで別人だ。たったあれだけで、あんな顔をするのだ。よほど好きなのだろうと想像する。

『楽しいか？』

『わ、わからぬ』

『そうか？　でも楽しそうだぞ』

『だったら聞くな。……っく、少しコツが摑めてきた』

『そうだ。そうやって……そうそう。上手じゃないか』

青年の前では、イシュタルは可愛らしかった。文句を言ったり、不満を零したりしているが、それは本心ではない。

匡は、自分の知らないイシュタルの一面に驚き、黙ってその光景を見つめていた。

「――匡っ！」

キファーフの声にハッとなり、匡は現実に返った。ずっと立ち尽くしていたらしく、キファーフが顔を覗き込んでくる。突然、目の前に現れた色男に焦り、まるで餌に集まる鯉《こい》のように口をぱくぱくさせた。

「はわ……、あ……、あの……、あ……っと……」

「なんだ、昼行灯。もうろくするのは早いぞ」

呆れたように言われ、いつものキファーフに落ち着きを取り戻した。周りを見ると、冬のイングリッシュガーデンが広がっていて、サラマとイシュタルの姿が小さな噴水のところに見える。

サラマの笑い声が聞こえた。

「どうした？　何かあったのか？」

「いえ……なんでも」

匡は、言葉を濁した。

今のは、イシュタルの記憶なのか。イシュタルの記憶が流れ込んできて、あんなリアルなものを見せたというのか――。

(びっくりした……)

心臓がトクトクと鳴っていた。今見た光景がなんだったのか考えようとするが、そうする前に手を掴まれる。

「……っ！　あの……っ」

「ったく、お前はぼけーっとしやがって、迷子になりそうだな。俺が手ぇ繋《つな》いどいてやる」

匡が反応する間もなく、互いの指を交互に組んで握られる。周りを見たが、季節が季節だけに人の姿はポツポツとしかなく、迷子になどなりそうになかった。けれども、はぐれるのを防ぐためという以外の意味も籠められているような気がする。

匡の心をここに留めておいてくれそうな、しっかりとした手だ。骨太で、手のひらも肉厚で、頼りになる手。安心できる手。時にはいやらしいことを仕掛けてくることもあるが、嫌だと思ったことはない。いつも、その手が施すイタズラに、ドキドキさせられる。

またふわふわとどこかに意識が飛んでしまいそうで、匡はキファーフの手をぎゅっと握り返した。こうしていると、不安が薄れていく。安心できる。

匡が強く手を握り返したことをどう思ったのか――。

キファーフは、一瞬意外そうな顔をしてから、何か企んでいそうな笑みを浮かべた。

「本当は、別のもん握っててもいいんだがな」

いつでもどこでも、下ネタを忘れない。破廉恥でセクシーだが、今はそれ以上に優しさを感じた。包み込むような懐の深さを感じる。

好きだ。

キファーフが、とても好きだ。

不安な時、気持ちが揺れている時、何かを察し、無言で寄り添ってくれる。キファーフの優しさに、包まれていたい。ずっと、ずっと、一緒にいたい。ずっと側にいたい。ずっと側にいて欲しい。

(どうしよう……)

急に湧き上がるキファーフへの想いに、匡は戸惑っていた。好きな気持ちがこんなに苦しいものだなんて……、と突き上げてくるような強い気持ちに、眉をひそめる。

好きすぎて、苦しかった。好きすぎて、切なかった。

なぜ、自分は人間でキファーフはランプの精なのだ。どうして、同じ時間を刻むことができないのか。同じように歳を取っていくことができないのか。

人間同士ですら、どちらかが先に逝く。残された人生を一人で過ごす寂しさは計り知れないが、愛する者を置いて旅立つ苦しさというのもある。

しかも、キファーフは人間よりもずっと長い時を生きるのだ。同じように歳を取る人間とは違う。匡がどんなに長生きしても、匡の寿命が来る頃、キファーフはまだ美しいまま、精気に満ちたままで、活力も十分にあるだろう。人を好きになる気力もきっとある。

誰かに出会うかもしれない。

誰か、素敵な人に——。

より強く力を籠めてしまったのは、独占欲が湧き上がったからに違いなかった。誰にも渡したくないという思いが、そうさせた。醜い感情だとわかっているが、抑えようがない。

「匡?」

「迷子に、なりそうなので……」

キファーフに笑みを見せ、ゆっくり歩き出す。

「変な奴だな」

「庭がきれいですね」

「俺は花を愛《め》でるタイプじゃねぇが、匡とならこういうのもアリだな」

移りゆく季節に従い、姿を変える庭は、命そのものだった。それは、自分の命に限りがあることを知らしめるものでもあった。

キファーフといる時間にも、限りがあるということを……。

矢を放った天使が、月のほうを向いていた。

ピカデリーサーカスの噴水近くにある天使の像を下から見上げると、ちょうど月に矢を放った直後のように見える。日はすっかり落ちているが、観光スポットだけに多くの人が集まっていた。石畳の雰囲気のある街並みは歴史を感じるもので、日常から解放される。

イギリスに来て四日。

その日は朝から特に予定はなく、ロンドンの観光地を回った。特に予定を決めず、気の向くままふらりと出歩くのは、匡にはとても合っていた。時間を気にする必要もなく、思いつきで行き先を変える。天気もよかったため、同僚たちへの土産や自分たちの洋服なども買った後はケンジントン宮殿を見に行き、そのままハイドパークでゆっくり過ごした。広い公園内にはリスがたくさんいて、テイクアウトした温かいスープを飲みながら小さなイタズラっ子たちが遊んでいるのを眺める。

匡には、これ以上ないと言っていいくらいの休日の過ごし方だ。

「夜もいいですね。絵はがきを見てるみたいです。歴史がある街って感じがして……」

「歴史があると言ってもまだひよっこだ。余がいた頃はこの広場もなかったからな」

「イシュタルさんがイギリスにいたのって、どのくらい前なんですか?」

「さぁな。忘れたと言っただろう。昔だ。大昔のことだ」

あの青年のことを聞いてみたい気もするが、大事にしている思い出ならそっとしておくべきだろうと、喉まで出かかった言葉を呑み込んだ。イギリスに来てからのイシュタルの様子がいつもと少し違うことを考えても、そうしたほうがいいのは間違いない。

「ところで、キファーフさんとサラマさんはどこに行ったんでしょう?」

先ほどまで近くにいたのに、二人の姿はどこにもなかった。もう随分と今の時代の生活に慣れたが、以前は人の前で魔法を使ったこともあり、油断はできない。目を離すんじゃなかったと、後悔する。

「キファーフたちは、あれじゃないか?」

イシュタルが指差したほうを見ると、なんとテレビカメラを向けられていた。インタビューを受けているようだ。金髪美人のレポーターがキファーフの言葉に声をあげて笑っている。

「どどどどどうしましょう」

「気にすることはない」

「でも……っ」

以前も、インターネットに動画が投稿されたのだ。またうっかり魔力を使って、どこかの悪党に目をつけられてはいけない。

「前に魔法の絨毯を出す動画をアップされたことがあるんです。また何かしたら……」

「だったらなおさらだ。一度失敗したのだからな。同じ過ちを犯すほど馬鹿ではない」

「そ、そうですよね」

匡は、テレビカメラのあるほうを見た。すでに撮られてしまったキファーフを今さら連れ戻しても、あまり意味はない。むしろ、一緒にいるところを撮影されないほうがいい。

もし大きな力が動けば、匡の住所などすぐに調べられるだろう。キファーフの主が誰なのか知られないことが危険を回避する一番の方法のような気がして、イシュタルとともに現場から離れた。

路地に入り、キファーフたちが解放されるのを待つ。

すると、近くの店のドアが開き、男たちが何やら口論しながら出てくるのが見えた。言い争いは英語で、内容はまったくわからない。けれども、どちらもエキサイトしているのはわかる。今にも懐から拳銃を取り出して構えそうなくらい、怒りを露わにしている。

「あっちに行きましょうか？　巻き込まれてもなんなんで」

促すが、イシュタルはしかめっ面で男たちを見ていた。嫌悪感を隠しもしない。

「イシュタルさん？」

「また人間どもの強欲さが争いを生んでおる。まったく、どんなに長い年月が過ぎようとも、ちっとも変わらんな。争いのネタはいつも似通っておる」

匡は、言い争いを続けている男たちを見た。

「あの人たち、なんて言って喧嘩《けんか》してるんですか？」

「向こう側に二人いるだろう。黒髪の男たち。スコットランド人らしい。手前のがイギリス人のようだな。油田がどうとか言っている。泥棒だのなんだの罵《のの》り合ってるぞ」

「あ……っ」

とうとう摑み合いの喧嘩に発展した。イシュタルが聞き取れる範囲で男たちの話している内容を教えてくれる。

「独立したほうがよかったなんて言っておる」

それでようやくわかった。

イギリスの正式名称は、グレートブリテン及び北アイルランド連合国で、イングランド、ウェールズ、スコットランド、北アイルランドの四つの国からなる連合国だ。北海油田利権がイギリス政府に握られているとの不満もあり、スコットランドの独立運動が高まって住民投票が行われたのは記憶に新しい。結局、反対派が賛成派を上回って独立は回避されたが、スコットランド人の不満は根強く残っている。

資源だけではない。北アイルランドと言えば、かつてはＩＲＡというテロ組織がいて世界中でテロ活動を行っていた。ＩＲＡの背後には、血生臭い歴史がある。

人間の歴史に戦争のなかった時代はない——そう言ったのは、誰だっただろうか。

「強欲な人間め。だから人間は嫌いなのだ」

イシュタルの人間に対する嫌悪を、また目の当たりにした。主など個人に対してはそれなりの愛情を持つのに、人間というものを語る時のイシュタルからは憎悪すら感じられる。どうしてそんなに人間を嫌うのかと思っていたが、長い間生き続けてきてその歴史を見ていれば、そうなっても仕方がないのかもしれない。

「行きましょうか。ここは危ないです、――わ……っ！」

いきなり殴り合いが始まって、匡のところに揉《も》み合う二人の男が突進してきた。巻き込まれ、両手を地面につく。したたかに膝を石畳に打ちつけた。

「痛ぁ……」

振り返ると、男たちは殴り合いを続けており、今のうちだと匡は路地の向こうの広場に目をやった。だが――。

「おい、貴様ら。人にぶつかっておいて、まだ喧嘩を続ける気か？　本当に争いが好きだな」

イシュタルの声が、路地に響いた。張りのある声だ。怒りを放っている。

揉み合っていた男たちは動きを止め、イシュタルに向かって何か言った。そして、ゆっくりと近づいていく。止めようとしたが、立ち上がろうとした瞬間、膝に痛みが走って力が抜けた。また石畳に両手をつく。

（大変だ……）

慌てた。酒の匂いをぷんぷんさせた四人の男たちが、イシュタルを取り囲んでいる。英語だが、聞き取れる単語とその口調から大体どんなことを言われているのか想像できた。

「イシュタルさん……っ！」

争いの興奮は、そのままイシュタルへと向けられた。胸倉を摑まれるのを見て、血の気が引く。

「そうやって力に訴えるのか？」

「イシュタルさん、駄目です！」

酔っぱらいの相手などする必要が、どこにあるというのか——。

いつものイシュタルなら、お色気を武器に男たちを手懐け、足元にひれ伏させるくらいのことはしそうだ。真正面からタンカを切るようなことはしない。つまり、そんなめずらしいことをしてしまうほど、その怒りは大きいということだ。単に匡を突き飛ばしたことだけが原因とは思えない。もっと根深いものを感じる。

（誰か……っ）

この場をどうにか収めたくて、けれどもどうしていいのかわからなくて、目の前の光景に半ばパニックに陥ってしまい、匡はただただ慌てるばかりだった。警察を呼ぼうにも、海外ではどこに電話をかければいいのかわからない。広場に出て誰彼構わず助けを求めるということすら、思い浮かばなかった。

このままでは、イシュタルが何をされるかわからない。

そう思った瞬間――。

「おい、マイスイートハニーを怖がらせるとは度胸あるじゃねぇか」

「――っ！」

振り返ると、路地の端に背の高い男の影があった。その横には、小さな影も……。

広場のあるほうを背にしているため、逆光でまるで映画のワンシーンのように見えた。小さな影を連れているのが、昔見た犬を従えたヒーローアニメの主人公のようで、救世主の登場をより心に印象づける。今日買ったばかりのロングコートも、登場シーンを演出する手助けになっている。

助かった。

この状況を覆してくれる者の登場に、恐怖は消えた。

「キファーフさんっ！」

「平気か、匡」

「は、はい」

「どうだ、匡。グッドタイミングだろう？　股間にズキューンときただろうが」

ウィンクするキファーフを見て、確かにズキュンときた。ただし、股間にではなく胸にだ。

勇ましい姿とこのピンチに出てくるタイミングがあまりにもよくって、匡の胸は大きく鳴りっぱなしだ。

「助けてください！　イシュタルさんが……っ」

イシュタルを取り囲んでいた男たちが、一斉にこちらを向く。その中の一人が、英語で何か威嚇するようなことを言うと、キファーフは路地の奥まで入ってきて、不敵な笑みを漏らしながら匡を自分の後ろに隠した。サラマにも下がっているよう言う。

「俺が誰かだって？　俺はこいつのダーリンだよ」

途端に、男たちは大声をあげて笑い出した。匡を指差して、小馬鹿にしたように肩を震わせて笑い続ける。言葉はわからないが、どうやらひょろひょろした匡の体型を笑い、オカマだというようなことを言っているらしい。

「よぉ。お前らそんなに楽しいか？」

キファーフが軽く手をかざした瞬間、男たちは後方に吹き飛んだ。

笑い声はやみ、路地には静けさが戻ってくる。全員、自分たちに何が起きたかわからないといった顔で互いを見た。

「まだやるなら、こっちも本気出すぞ」言って、今度は人差し指を男たちに向ける。石畳が弾《はじ》けた。まるで拳銃でも撃ち込んだようだ。男たちが顔面蒼白になる。

「――ひぃ……っ！」

驚きのあまり発せられる声に日本語も英語もないのだな……、なんて思いながら、匡はぼんやりと逃げていく男たちを見送った。しかし、すぐに気づく。

これは、まずい。

大いにまずい。

「ま、魔法を見られました！　あの人たちを捕まえないと！」

「俺に任せるのだ！」

サラマが躍り出るように前に向かい、何か呪文を唱えた。すると、蔓《つる》植物が男たちを追い、あっという間に確保してしまう。簀《す》巻《ま》きに近い状態で路地に転がすと、匡はキファーフたちとともに近づいていった。

「オーマイガッ、オーマイガッ！」

後退《あとずさ》りしようとするが、蔓が絡みついてほとんど身動きがとれていない。今まで匡を小馬鹿にして笑っていたのが嘘のように、匡に向ける目も恐怖に満ちている。

まるで、切り裂きジャックにでも出会ったかのようで、そこまで怯《おび》えなくてもいいのにと、平和をこよなく愛する匡の心は複雑だ。

「はい。これを食べるのだ」

サラマが、今日買ったポシェットの中から種のようなものを差し出すが、男たちは激しく首を横に振った。涙目になっている。

「毒ではない。大丈夫なのだ。だから、はい。あーん」

男たちは抵抗したが、蔓が無理やり顔を固定して口を開かせる。それがさらに男たちの恐怖を煽ったらしい。涙を流しながら目を見開いて人生最後の光景を見ている。

そして、サラマがその中に種を放り込んだ次の瞬間、スイッチが切れたかのように鼾《いびき》をかき始めた。

「……すごい、サラマさん。もう寝ちゃいました」

「どうだ？　俺の魔力もなかなかのものだろう？　万が一のことを考えて、用意しておいたのだ。俺たちの秘密を見られた時に、ちゃんと記憶を消せるようにな。起きたら今の出来事はすっかり忘れているのだ」

「そんな準備を……」

「備えあれば憂いなしだ。匡に買ってもらったポシェットもなかなか使い勝手がいいのだ」

サラマを子供だと思っていたが、随分と頼りになる。そして、便利だ。

匡は、胸を撫で下ろした。サラマがいなければ、どうなっていたかわからない。

「しかし、なんで酔っ払いに絡まれたんだ？」

「え……、いえ、別に……。たまたまここにいたから……」

イシュタルの言葉が直接の原因だが、それを言う気にはなれなかった。告げ口をするようで嫌だったのもあるが、それ以上に、イシュタルが男たちを煽るようなことを言ったのには、何か特別な理由があると思ったからだ。

どうしても感情を抑えられないほどの、何か。

苦い経験が……。

「キファーフ様。俺はお腹が空きました。こいつらも無事に寝たことですし、そろそろご飯にしましょう」

「そうだな。何喰う？」

「じゃあ、ローストビーフの美味しい店に行くのです！」

サラマが、元気いっぱい返事をする。

「それでいいか？」

「はい。俺はいいですよ」

「余もそれで構わぬ」

「じゃあ、行きましょう！　ここから近いのです！　すっごく美味しそうだったのです」

そうと決まると、さっそく移動を開始する。その時、イシュタルが隣に来たかと思うと、小さな声で言った。

「すまぬ。そちに迷惑をかけた」

「え……」

思わず、イシュタルを見つめる。

自分でも、あの言動はよくなかったと思ったのだろう。感情に任せて、酔っぱらいたちを非難した。冷静になって考えれば、どういう展開になるかわかったはずだ。

「そちにも危険が及んだ」

まだ男たちに対する怒りが消えない目で言う。いや、男たちではなく、争いをやめられない人間という存在に対してだ。

「そんな、大丈夫ですよ。キファーフさんが助けに来てくれてよかったですね」

匡の言葉に、イシュタルは困ったように笑いながら呟いた。「お人好しめ……」

険しかった表情が緩んで、匡も少しホッとする。

少なくとも、個人レベルではイシュタルが好意を抱く人間はいるのだ。人間という存在を嫌っても、自分はイシュタルに好かれるような人でいようと思った。立派でなくていい。馬鹿だアホだ昼行灯だと言われようが、イシュタルが笑みを見せてくれる相手であろうと。

「匡っ、早くするのだ。ローストビーフが待ってるぞ」

「は～い、今行きます。ほら、行きましょう。……イシュタルさん……？」

行こうとしたが、イシュタルは立ち止まって振り返り、鼾をかく男たちを眺めていた。とても寂しそうな目だ。

「余にも、キファーフやサラマのような力があればよかったのに……余のは、役に立たぬ能力だ」

なぜ、そんなことを言うのか——。

理由はわからないが、その言葉はまるで鋭い矢のように匡の心に突き刺さった。


夢を見たのは、その日の夜のことだった。

匡は、貧しい作業場のようなところに立っていた。訪れたイングリッシュガーデンで見たものと同じ光景だ。けれども、あの時感じたものとは違う空気が流れている。あの時は、イシュタルは幸せそうで、青年への淡い想いを感じた。

今は、重々しい空気が漂っている。

人の気配を感じてそちらを見ると、イシュタルと金髪の青年がいた。向き合って立っている。深刻な顔をしているのは、青年のほうだ。

「……すまない」

青年が漏らしたのは、そんな言葉だった。重い口をなんとか開いたという印象だった。心から申し訳なく思っているのがわかる。それは、苦しげな表情からも見て取れた。身を引き裂くような心の痛みを、匡も感じ取ることができる。

なぜ、そんな顔でイシュタルに謝罪をしているのだろう。

匡は、二人の様子を黙って見続けた。

「すまない。お前を手放すことになった」

イシュタルは、反応しなかった。何も感じていないのではない。おそらく、変えられない現実というものを噛み締めている。この青年と同様に心を痛めている。むしろ、感情はその胸の中で激しく揺れているはずだ。

「何か言ってくれ、イシュタル」

青年が苦しげに言うと、イシュタルはようやく声を発した。

「別に謝ることではない」

「だが……っ」

「いい。どうせ余はいろいろな主を渡り歩いてきた。これまでそうしてきたように、また主が変わるだけだ。何をそんなに謝ることがある？　どうでもいいことだ。気にしていない」

本心ではないと、感じた。

どうでもいいと思っているのなら、あんな顔はしない。

そして、そうでも言わなければ耐えられない状況であることもわかった。どうにもならない運命が、二人を襲っているのだと……。

「ずっと、お前を手元に置いておきたかった」

「両親が病気では仕方あるまい。それに、この場所を護るためだ。そなたは、ここを護りたいのであろう？」

「……そうだ」

「自分だけでなく、護るべきものがあるのは、いいことだ」

気遣いの言葉が、青年の胸をより深くえぐっているのがわかる。イシュタルもそう感じたらしく、まるでこの空気を一掃するように、大きく息をついてからなんでもないという顔で声高に言った。

「しかし、あのジジィめ。足元を見おって。やはり地位のある人間というのは、汚い奴が多いものだなぁ。私利私欲にまみれておる」

虚勢を張っているとわかった。なんでもないという態度を取ることで、耐えているのだ。けれども、その心にはどうしようもない苦しみ、そして悲しみが宿っている。

「イシュタル……」

「だから人間は嫌いなのだ。どいつもこいつも……」

青年は、自分が責められたような顔をしていた。辛そうで、見ている匡まで胸が締めつけられる思いがした。

張り裂けそうな胸のうちが、手に取るようにわかる。

「本当は手放したくなんか……」

「わかっておると言ったであろう」

青年の言葉を遮ったのは、それ以上言葉にされると耐えられないからだ。

二人の会話から、ランプの存在を知った誰かが、青年の手からイシュタルを奪おうとしているとわかった。足元を見られ、どうしようもない状況でランプを手放すと決めたのだろう。金で解決する問題でもないようだ。金でこの状況を覆せるのなら、イシュタルがすでにしている。

「奴らは、余を渡さなければ力でお前をつぶすつもりだ。ここも、そなたの両親も。どんな手を使ってくるかわからないぞ。下手すれば、投獄だ。地位を持った連中には、簡単だからな」

青年は、答えなかった。握られた拳から、噛み締められた唇から、悔しさが滲み出ている。

「俺に力がないばかりに」

「相手が悪かっただけだ。引き渡しはいつだ？」

「……明日だ」

イシュタルの顔が、青ざめた。

あまりにも早い別れだ。そのショックが表情に出ている。

「わかった。明日だな」

声に力がなかった。さすがに、落胆を隠せないでいる。

前に見た二人の楽しそうな姿を知っているだけに、匡は切なくてたまらなかった。引き裂かれる二人を見て、自分のこととも重ねた。

ずっと一緒にいられたらいいのに——その願いは、実現しない。どんなに強く願おうとも、それだけは叶わない。愛する者を置いていかなければならないとわかっているからこそ、匡は二人の胸の痛みをより理解できた。

どうにかならないのか。何か手立てはないのか。

青年も必死で模索しただろう。なんとかこの事態を回避できる手を考えただろう。

けれども、結果はこれだ。

自分も、いずれ避けられぬ悲しい未来に遭遇するのかと思うと、怖くてならない。

「すまない」

「いい。余が行けば、そなたは睨《にら》まれなくて済む。一度睨まれれば、生きていけない」

「本当に、すまない」

「それより、なぜ金を要求しなかった。土地でも地位でも、交換条件は出せたはずだ。どうせ手放すなら、ふっかけてやれば楽になれたというのに、そなたは愚かだ」

「いいのだ。楽になったら、いけない。それに、お前を手放せばどの道、辛いのだ。貧しさなど、どうってことない」

それが、自分の無力さに対する罰であるような言い方だった。確かに、イシュタルのランプを譲れば、金を手にすることはできただろう。それをしなかったということは、自分に罰を科しているということだ。

「愚か者め」

「お前のその憎まれ口が聞かれなくなると思うと、寂しいよ」

泣き笑いに近い表情に、イシュタルも同じような表情になった。

「お前を……どんなふうに扱うのかと思うと……」

「心配するな。余はもともとそういうことに長けている。主のどんな要望にも応える。そうすれば、奴も満足してここには手を出さぬだろう」

「イシュタル……ッ」

青年は苦しげに言い、イシュタルを抱き締めた。細くしなやかな躰はその腕にすっぽりと収まり、イシュタルは青年に抱き締められたまま天井を眺めた。寂しそうな目だ。

「任せておけ。余が、主となる男を手玉に取ってやる。この国を護ってやる。そなたがいるこの国が、よその国から侵略されぬようにな」

イシュタルが、いつも人間を強欲だと言って嫌う理由が、ようやくわかった。

その力を使い、他国の重要人物に贈るつもりなのだ。時として暗殺のために贈られる者の運命だ。

そのために、心を許した主と無理やり引き裂かれた。どんな手を使っても手に入れる強欲な人間の手により、愛する者の元を去らなければならなくなった。

「最後に、余とやっておくか？　せっかく主の愛欲を満たすことに長けているのだぞ。一度くらい官能の味を教えてやってもよいぞ？」

青年は首を横に振った。イシュタルを抱く腕にはあんなに力が籠められていて、あれほど愛情を感じるのに、抱くつもりはないとわかる。

「お願いだから……こんなことを言える筋合いではないが、自分を大事にしておくれ」

躰を離した青年は、イシュタルをいとおしむように両手でその頬を包み込んだ。見つめ合う二人の姿は半透明になっていく。

「……そん……顔を……する……、……ンリー……」

音声も途切れ途切れになっていき、消えた。

そして、イシュタルのランプが青年の手から他人の手に渡るイメージが匡の心をよぎった。

目を覚ました匡は、自分の頬が濡れていることに気づいた。

鼻を啜り、濡れた頬を手で拭うがすぐには止まらず、次々と溢れてくる。何度か拭うとようやく止まったが、気を緩めるとまた涙が溢れそうだ。

イシュタルの記憶だ。これは、単なる夢ではない。

『余にも、キファーフやサラマのような力があればよかったのに……余のは、役に立たぬ能力だ』

酔っぱらいに絡まれた時、口にしたあの言葉の裏にはこんな苦い経験があったのだ。

なんて切ない過去だろう。

今見た出来事から、いったいどのくらいの時が過ぎたのだろうか。もう傷は癒えたのだろうかと思ったが、考えずともわかる。

今でもあの青年のことを口にする時は、愛情を感じられる。

悪態の裏にある、深い想い。そして、人間というものに対するイシュタルの考え。それらは、まだ傷が癒えていない証だと思った。

「おい、どうした？」

「――っ！」

キファーフが心配そうに顔を覗き込んできて、まさかいるとは思っていなかった匡は慌てて身を起こした。まだ悲しみの余韻は残っていて、誤魔化そうとしても明るい表情が作れない。優しくされるとまた泣き出しそうで、素直に白状した。

「イシュタルさんの……」

「ああ」

キファーフは「わかっている」とばかりに頷いた。キファーフもイシュタルの過去を覗いたのかもしれない。

「気分転換に、散歩でも行くか」

匡は、小さく頷いた。このまま再び寝ても、また悲しい物語の続きを見てしまいそうで、眠る気にはなれない。

匡は、厚着をしてから靴を履いた。寒くないよう、マフラーも首に巻く。キファーフはロングコートを羽織った。ホテルの近くのブティックで買ったものだ。すごく似合う。

物音を立てないように、一緒に部屋を出た。フロントには誰の姿もなく、寝静まっている。

「そう言えば、自力でランプから出たんですか？」

「ああ。お前が泣いてたからな」

何気ない一言に、胸が締めつけられた。ますます気持ちが加速するのだ。これ以上好きになるのは、怖い。怖いが、好きにならずにいられない。

気持ちというのは、なぜこんなにも厄介なのだろうと思う。自分の思い描くようには、なってくれない。

「二人で夜のデートをしたなんて言ったら、イシュタルの野郎がまたうるさいぞ」

「そうですね」

小さく笑い、マフラーに顔を埋《うず》めた。夜は冷え込み、外気に晒《さら》された鼻先は冷たく、息をいっぱい吸い込むと鼻の奥がツンと痛む。

苦しくて、切なくて、この気持ちをどう処理していいのかわからなかった。

あの二人に起きたような出来事が、自分にも降りかかるかもしれない。実際、ハマド大統領に、一度キファーフを奪われたのだ。他にどんな悪党がいるかわからない。そして、もし平和に過ごせても、いずれ来る寿命の違いを目の当たりにすることになる。

歳を取っていく自分を、キファーフはどんなふうに見るだろう。ナウィームだった頃は、老いる前に死んだ。若いまま、命を失った。

けれども今度は――。

「黙りこくって、どうした?」

「あ、いえ……。イシュタルさんの好きな人って、あの金髪の人ですよね」

「だろうな。想いが強くて俺たちに影響したか……。普通の人間には感じられないはずなんだが、やっぱり匡はちょっと普通の人間と違うな」

石畳の街は、雰囲気があった。

バーの明かり。まるで映画のワンシーンを切り取ったような風景だ。窓から漏れる明かりと笑い声。すっかり夜も更け、すでに片づけを始めている店もあった。

匡は、キファーフの腕に摑まって身を寄せた。あんな夢を見たからなのか、少しでもキファーフが側にいることを実感したいのかもしれない。一度そうすると、もっとキファーフを感じたくて自分を抑えられなくなる。

「どうした？」

自分を見下ろすキファーフを見つめ、抱きついてその胸に顔を埋めた。匡の躰を受け止めたキファーフは、そのまま建物の壁に寄りかかり、従ってくれる。

「変な奴だな」

匡は、キファーフの心臓の音を聞いていた。

今はここにいるのに、こんなに確かな心音が聞こえるのに、不安でたまらない。この先のことを想像して、足が竦《すく》むのだ。どうしようもない焦燥に駆られる。今見た夢が、匡にそんな気持ちを抱かせているのは間違いなかった。

「匡……」

頭に手を置かれ、優しく撫でられて顔を上げる。

なんて男臭い色香に溢れているのだろう——目の前のキファーフを見つめた。見つめずにはいられなかった。そして、また誰にも渡したくないという独占欲が姿を現す。

自分以外の誰かが、キファーフの主になるなんて、考えられなかった。こんな感情があるから、人間は駄目なのだ。自分のものにしておきたいなんて思う気持ちこそ、イシュタルが愛した主から引き離される原因にもなった。地位を、土地を、富を欲しがる。そして、争い事が起きる。

わかっている。

そんなことは痛いほどわかっているのに……。

「ずっと、俺のものだって……約束、してください」

自分で自分の言葉に、驚いた。こんな身勝手なことを言うつもりはなかった。醜い部分をさらけ出すつもりはなかった。

けれども、キファーフはなんでもないことのように、サラリと返す。

「当たり前だろうが。俺の主はお前だぞ」

その言葉を聞いたからと言って生まれた不安を拭うことはできないが、それでもそう言ってくれたのは嬉しかった。

「そうですね」

「言っとくが、俺の股間に装備されたデザートイーグルも込みでお前のもんだからな。いいだろう、お前のデザートだ」

「イーグルはどこに行ったんですか」

また始まった……、といつもと変わらないキファーフに、匡は小さく笑った。しかし、笑顔はすぐに消えてしまう。キファーフを見つめていると、どうしても気持ちを抑え切れなくなった。

手を伸ばし、自ら口づける。触れるだけのキスだったが、それだけでも胸が張り裂けそうな気持ちになった。

「どうした?」

「嫌ですか……?」

こんな誘い方をしても、困るだけだ。呆れるかもしれない。

いつもキファーフから仕掛けてくるため、どんなふうに誘えばいいかわからず、手を止めてしまう。こんな曖昧な態度も、よくないだろう。

そもそも外で誘うなんて、どうかしている。

匡は、すぐさまキファーフから離れようとした。しかし、腰に腕を回される。

「嫌なわけねぇだろうが。お誘いは嬉しいよ」

「ん……っ」

深く口づけられ、きつく目を閉じた。唇を開いて舌を受け入れる。一度そうしてしまうと求めずにはいられず、匡は積極的に唇を開いた。

「んぁ……、……ぅん……、……んっ」

鼻にかかった甘ったるい声を漏らし、その存在を確かめるように口づける。舌は戯れながらも、匡の口内を優しく責めた。溢れる想いそのままに求め、そして求められ、深く酔い痴れるまで何度もくり返す。

ゆっくりと目を開いた。

目の前には、男らしく整ったキファーフの顔がある。いつ見ても、何度見ても、うっとりするほど美しい。人ならぬ者だからこその美しさもあるだろう。芸術的な肉体美。その瞳が放つ熱い視線は、匡をジリジリと灼《や》いた。

どこをとっても、自分には勿体ないと思う相手だ。

「なんて顔してやがる。俺はそんなにイイ男か？」

「……はい」

思わず素直な気持ちを吐露すると、キファーフは苦笑いした。その表情がまたたまらなく色っぽく、つい見つめてしまうが、無言で手を引かれて連れていかれる。

路地のさらに奥。

細い階段が上に向かって続くすぐ隣の、建物との間の狭いスペースに連れ込まれる。

ここなら、目立たない。階段の陰に隠れて、誰にも見られない。

近くにゴミ箱があり、そこが裏口に近い場所だとわかった。

だが、裏口の扉が開く気配はない。店の看板はすでに明かりが消え、人の気配もなかった。

「ここなら、見つかりにくい」

言って、頬を両手で包まれたかと思うと上を向かされ、また深く口づけられた。

何度口づけても足りない。だから、何度も何度も、交わしたいのだ。キファーフの存在を感じられる行為を、何度も重ねたい。

そんな想いに駆り立てられるように、匡はキファーフの首に腕を回して自分のほうへと引き寄せた。


キファーフの体温が、いつになく熱く感じた。

路地の奥は人通りはないが、風に乗ってどこからか人の声が聞こえてくる。音楽とともにバーから聞こえてくる笑い声は楽しげで、その場の雰囲気が伝わってきた。それらを遠くに聞いていると、この場所に二人きりということを強く実感する。今は、誰もいない。この瞬間は、自分とキファーフしかいない。

いっそのこと、この世に二人きりならどんなによかっただろうか。

それなら、自分が死んだ後どんな人がキファーフの主になるだろうなどと、考えなくていい。愛する人を置いて死ぬ辛さは残るが、いつか自分以外の誰かを見つめる怖さに怯える必要はないのだ。けれども、それは自分の死後、キファーフはその寿命が尽きるまで一人のままだということを意味する。

そんなことは、望んでいない。命が尽きるまでの孤独を強要するつもりはない。だが、結果的にそれと同じことだと気づく。

一瞬でもそんなことを望んでしまった自分に、また身勝手さを感じて申し訳なくなった。

「ごめ……な……さ……」

「どうして謝るんだ？」

これ以上何も考えたくなくて、匡は首を横に振った。

「なんでも、な……」

強く抱いてくれと、腕に力を籠めてキファーフを抱き締める。目の前の恋人を欲する気持ちが匡を熱の中へと引きずり込み、躰はますます熱くなっていった。

「ぁ……っ！」

コートの中に伸びてきた手は、さらに匡が身につけているセーターの下に滑り込み、開襟シャツの中へ入ってきた。脇腹を軽く撫でられただけで肌がゾクゾクとなり、息が上がる。

自分の吐く白い息を眺めながら、己の中に籠もる熱を感じた。キファーフを欲して、発熱している。自分の熱で、火傷《やけど》しそうだ。

「キファーフさ……、……ぁ……あ……、……はぁ……っ」

触れられているだけでもたまらなく感じてしまい、小刻みに息をした。

どんなふうに触れ、どんなふうに求めてくるのか、余さず全部覚えていたい。

「匡、好きだぞ」

低く囁かれる声に、匡の心は震えた。声だけなのに、好きだと囁かれただけなのに、とてつもない喜びが押し寄せてくる。その心が今は自分だけのものだと感じるほど、キファーフへの想いが、押しとどめることなどできないところまできていると痛感する。

増殖する細胞のように、一つが二つ、二つが四つという具合に増えていくのだ。そして、この身と心をいっぱいにする。それはいずれ溢れ、内側から匡を引き裂いてしまうほどの勢いになるだろう。それでも、きっと止まらない。

「……っ、……俺も……、……俺、も……、……好き、です……」

しがみつき、身を任せた。どんなことでも、して欲しかった。キファーフが欲しい。自分を全部、貰って欲しい。

「どうした？　今日は、変だな」

「だって……ずっと……、して、なかったから……」

そんな嘘をついても、見抜かれているだろう。それでも、今は不安を口にするより、キファーフの体温を躰で感じたかった。心にも躰にも深く刻み込みたい。

どうしようもなく切ない思いに咽《むせ》び泣く心を宥めるには、この行為に深く酔うしかなかった。

「だったら、たっぷり愛してやる」

「……あぁ……」

小さく漏れた声は、自分のものとは思えなかった。

さらに強く抱き締め、腰を浮かせて下着の中で泣き濡れているものへの刺激を求めた。キファーフの股間が当たり、互いのものが擦れ合うわずかな刺激に躰がぶるっとなる。

もどかしい。もどかしくて、どうにかなりそうだ。けれども、それが匡をより淫らな気持ちにしているのも事実だった。刺激が足りないことが、より匡を欲深くする。

「キファーフさ……、……はぁ……、……もっと……触って……、くださ……、触……っ」

匡は求め、その存在を感じた。

盛り上がった二の腕の筋肉。背中。腰のくぼみ。凹凸《おうとつ》のある背中。何度確かめても、足りない。何度こうして躰を重ねても、足りない。

限りある時間の中で、あと何回キファーフとこうすることができるのだろうか。

そう思うと、より強くこの瞬間を大事にしたいという気持ちが湧き上がり、求めずにはいられなくなる。

「今日は、積極的だな。ちゃんと触ってんだろうが」

「……ぁ……っ、……もっと……、もっと……」

「欲張りめ」

たくし上げられたシャツの下から冷気が入り込んできて、ぞくっとなった。キファーフの熱い手のひらと外気が同時に匡を襲い、翻弄する。

壁に背中をつくと、逃げ場を完全に失って追いつめられた状態になる。

それは、匡をより熱くした。

「あ……」

膝で膝を割られ、衣服を身につけたまま互いを擦りつけているだけで達きそうなくらい高ぶった。浅ましい欲望が、頭をもたげる。

「ぁ……あ、……ぁ……あ……、駄目……、……ぁっく、……ぁ……ああ……ぁ」

いやらしく腰を回して煽ってくるキファーフに、匡は熱い吐息を漏らし続けた。

もどかしくてたまらない。はしたないと思いながらも、自ら腰を壁から浮かせてキファーフに身を差し出さずにはいられなかった。

直接見ずとも、すでに雄々しくそそり勃っているのが、わかる。衣服越しでも、逞しい猛りは匡の中心を刺激した。

「……早、く……、……はや、……く……」

「もう限界か?」

「お願い、しま……す……、お願い……」

硬く変化したキファーフを想像して心を濡らすなんてはしたないとわかっているが、もう止められない。火のついた躰は、よりいっそうその勢いを増すだけだ。

「まぁ、急ぐな。たっぷり、じっくり、な?」

「ぁ……あ……、……んぁ」

ようやくズボンのファスナーを下ろしてもらい、下着の上から触れられる。

「寒いか?」

「いえ……、……ぅ……っく、……いえ……」

冷気は感じるのに、寒くはなかった。むしろ、肌の表面に感じる外気に、自分が熱を持っていることをより実感させられる。

こんなことしていいのだろうか。

今さらながらに、ここが外で、いつ人が通るかわからない路地だということを思い出してしまうが、それすらも匡の欲望を止めることはできなかった。

見られたっていい。

そんなふうに思えてしまう自分に驚きながらも、己の奥から湧き上がる情欲を止めようもなく、ただ、溺れていく。

「ぁ……あ……ん、……んっ、……ぅん……っ」

互いの腰を擦りつけながら、再び唇を重ねた。下唇を甘噛みされ、ビクンと大きく躰が跳ねる。柔らかい唇の感触に慣れたところで頑丈な歯の感触を与えられ、不意を突かれる。

目を合わせ、またキファーフの厚めの唇をうっとりと眺めて求めた。

「好き、です……、……ぅん、……んんっ、……ん……、……好き、……はぁ……っ」

「俺もだぞ、匡……、……俺もだ……」

「ぅん……っ、……ん、……んぅ……、……ふ」

熱い。

熱くて、どうにかなりそうだ。

まるで恋い焦がれる相手と初めて肌を合わせているかのように、匡はキファーフを求め続けた。少しでも深く、より確かに感じようとせずにはいられない。

好きだ。キファーフが、好きだ。愛している。

己の気持ちを実感するほど、独占欲が湧き上がってきて、抑えられなくなる。

「俺も……そろそろ……限界だよ、匡」

性急な仕種でズボンを下ろされ、下着もはぎ取られた。自分が身につけていたものが地面に放り捨てられるのを眺める気持ちといったらなかった。戸惑いに頬を赤くしながらも、求められるまま従う。

両手で尻を摑まれ、両側にやんわりと拡げられた。頭に唇を押しつけながら『見つけたぞ』とばかりに囁いてくる。「……ここだろう？」

びくん、と躰が小さく跳ねた。

キファーフは、見せつけるように魔法で小さなガラスの瓶を出現させる。もしかしたら、クリスタルかもしれない。美しい形をしたそれは、香水の瓶のようにも見えた。だが、中身が本当はなんなのか、匡にもちゃんとわかっている。

「慣らさねぇとな」言って、キファーフは瓶の蓋の部分を唇で挟んで開けた。中身を指先に零すと、再び両手で双丘を鷲《わし》摑《づか》みにして揉みほぐし始める。

「は……っ、……ぁ……あ……」

ゆっくりとした動きは、まるで匡の反応を逃すまいとするようだった。舌なめずりをしながら、探るように蕾を刺激される。

「ぁ……、……はぁ……あ……、……ぁん……っ」

じわじわとそこを押し拡げられ、匡はなんとも言えない異物感に息を詰まらせた。けれども、キファーフの愛撫ですでに身も心も蕩け切ってしまっている匡には、足りないくらいだ。

「や……、……ダメ、……ぅ……っく、そんな……、……しちゃ……」

「駄目なもんか。ここは、そうは言ってねぇぞ」

含み噛いながら揶揄《やゆ》され、さらに甘い刺激を与えられる。コートで匡の躰を覆うようにして抱えられ、互いの躰を密着させた状態のまま指で中をかき回された。

「あ……」

下だけ全部はぎ取られ、靴下は穿《は》いたまま、靴は左足だけ地面に転がっている。

生足に靴下だけという格好もだが、だらしなく脚を拡げたまま抱え上げられていることも羞恥をより刺激した。しかも、こんなはしたない格好でいることにすら、煽られている。

「……んぁ……、ぁ……誰か、に……っ」

「来ても見えねぇよ」

「ぁ……っ、……キファーフさ……、……も……、……出そ……、……ぁ……あ、……や……、ぁ……あ……ッ」

足を抱え上げられているため、膝がコートからはみ出して膝小僧が冷たかった。

「ぁ……あ……、……キファーフ、さ……、キファーフ……さ……」

貫いて——。

思わず口にしそうになり、唇を噛んだ。だが、そうしたところで欲望は隠し切れない。その瞬間を待ちわびて、匡の中心は蜜を溢れさせていた。

「いいぞ、匡。俺が欲しいなら、くれてやる」

「……っく、……はぁ……あ……、ぁ……あ、——ぁぁああ……っ！」

熱の塊が自分を引き裂くのを、あますところなく堪能した。

硬く、太さもありすぎるほどに変化したキファーフは、凶暴で、それでいて中毒を起こすほど甘い愉悦を注いでくれる。

「あ……ぁ……、……っく、……ん……ぁ……あ……、……あっ、……あぁぁ」

匡の両膝を腕にかけたまま壁に手をついたキファーフが本格的に腰を使い始めると、それまでの行為がただの遊びだったというように、激しい責め苦に襲われる。

「んぁ……、……ぁ……あ……、……っふ、……ッあ……ッ！　――ァア……ッ！」

時折、声が裏返ったようになった。掠《かす》れたそれは、まるでさらなる刺激をねだっているようだ。身を任せ、キファーフに抱きついていることしかできない。自分を責め苛《さいな》む相手を抱き締め、その逞しく凶暴な腰つきに翻弄されるばかりだ。

「匡、……っく、……匡」

「……キファーフさ……、……ぁあ……、そこ……、イイ……ッ、……そこ……っ」

涙声で、何度も訴えた。

誰にも渡したくない。

誰にも、キファーフを渡したくない。

「ここか？」

「……そこ……、……ぁ……ッ、……そこ……ッ」

「俺も、イイぞ、……中が……、熱くて、たまんねぇ」

「ぁ……あッ……、……ふ、……ぁあぅ……ん」

やんわりと、だが逞しい腰つきで中をかき回され、蕩けてしまう。

「駄目……、……も……、……ダメ、……ダメ……ッ」

そう訴えながらも、心の奥底では望んでいた。キファーフに抱え上げられた状態で突き上

げられる。

「キファーフさ……、……ぁあ……ッ」

「匡……っ」

「……ッ……、キファーフ、さ……、……キファーフさ……、あッ、……あッッ」

何度も、名前を唇に載せた。

そうしていないと、失ってしまいそうだった。イシュタルの過去を垣間見たからか、息をひそめてその瞬間を狙っている魔物が存在しているかのようにキファーフがどこかへ消えてしまいそうだった。だから、失わないよう名前を呼んだ。

だが、何度呼んでも楽にはならない。どんなに深く交わっても、この痛みは消えない。むしろ、その名を口にするほど、深く愛し合うほど切なさが込み上げてきて、匡は貪欲に求めずにはいられなかった。

4

どんなに激しく求めても、不安が取り除かれるわけではない。

けれども、キファーフと深く愛し合ったことは、ずっと揺れ続けていた匡を少しだけ落ち着かせた。あの熱い手が、そして抱擁が、今だけは自分のものだと思えるようになった。限られた時間の中だけでもいい。今だけでも独占できるのなら、それだけを信じていればいい。他のことは考えないでいい。考えないほうがいい。

「さてはやったな！　キファーフとやりまくったな！」

イシュタルに胸倉を摑まれ、朝っぱらから問いつめられている匡は、ぶんぶんと前後に躰を揺すられて思わず白状した。

「……すみません。やりました」

「やっただと⁉　よくもぬけぬけと……余を差し置いて、まったく油断も隙もない奴め」

イシュタルはそう言いながらも、あっさりと手を離した。そして、腕を胸の前で組んでから、片方の眉を上げて言う。

「ふん、そのわりに冴えない顔をしておるではないか」

「そ、そうですか？　いつもと同じだと思うんですけど……」

鏡の中の自分を見て、頰を手で捏ねてみた。

寝癖がついていて地味なメガネをしていて、パッとしない。男の魅力なんてものとは、まったく無縁だ。これがキファーフの恋人だというのだから、なんだか申し訳なくなる。

「俺はこのぼけっとしたのがいいんだよ」

「わ！」

キファーフがぬっと横から鏡の中に入ってきて、匡は思わず声をあげた。

鏡越しに見ても、イイ男なのは変わらない。まだ着替えておらず、いつもの露出度の多い衣装というのも、キファーフのフェロモンをあますところなく見せつけられる原因の一つだ。

昨日の激しく求め合った熱が、まだどこかに燻《くすぶ》っているようだった。イシュタルの切ない過去を垣間見た匡が、自ら求めて始まった路地裏での熱い交わり。そして、固い約束。

ずっと側にいると、ずっと自分のものでいてくれるとキファーフは言った。

絶対などあり得ないとわかっていても、そう断言してくれただけでもいい。その気持ちがあると確認できただけで、今はなんとか気持ちをコントロールできる。

「この目の焦点が合ってねぇようなところがエロいんじゃねぇか。なぁ、匡」

「本人に聞かないでください」

「そんなことより、今日はどこに行くのだ？」

サラマは早く出かけたいらしく、そわそわしている。

「『ヴィーナスアンドポッタリーズ』っていうテラコッタの鉢を作っているメーカーです。世界的に有名なメーカーでうちも仕入れてるんですけど、まだ日本にないものもあるし、一度作っているところを見たかったんです」

「面白そうなのだ。俺の壺みたいなのがいっぱいあるのか？」

「植木鉢なので形は違いますけど、似ているものもあるかもしれません」

「じゃあ、早く出かける準備をするのだ！　お腹も空いてきたぞ」

「そうですね。すぐに準備します」

匡は、干していた靴下を触ってみた。最小限の着替えしか持ってきていないため、下着や靴下は洗って使っている。エアコンのおかげで靴下もパンツもちゃんと乾いていた。靴下を穿き、着替えを始める。

その時、フロントから電話が入った。

『グッモーニン、ミスターイノセ』

「えっと……はい！　グッモーニン！　えっと……」

英語なんて全然できないため焦るが、すぐに別の人に交代する。

『おはようございます。朝からすみません』

ツアーガイドだった。旅行中に不明なことがあればいつでも電話できるようになっているが、オプショナルツアーには参加していないため、こうして向こうから連絡してくる予定はなかった。ということは、何か緊急の連絡らしい。

「何かあったんですか?」

話を聞くと、どうやら今日は街中でデモが行われるようで、デモ隊が行進する場所やおおよその時間を知らせに来たのだという。説明を聞くため、いったんフロントに行く。同じツアーで来た別の客も、すぐに降りてきた。

「デモってなんのデモなんです?」

老夫人が、頰に手を当てて心配そうにガイドに聞いた。

「反テロ集会のデモです。先週も小規模のものが行われましたが、暴力的なデモではないのでそこまで心配する必要はありません。ただ、先週よりも少し規模が大きくなっているようで、一部交通に支障が出る可能性があります」

ガイドはそう言って、全員に案内を配った。

そこには、デモが行われる場所と予定時間が書かれてある。ウエストミンスター宮殿――つまり、国会議事堂の前だ。他にも資源開発をするイギリス企業に融資を行ったりするエージェンシーの本社があるところでも行われる予定になっている。

「そう言えば、ちょっと前にテロ未遂事件が起きたわよね。それのせいかしら……」

「そうですね。その影響もあるかと思います。テロは未然に防いでますけど、避難する途中で小さな子供がケガをしたので、イギリスでは今すごく非難の声があがっているんです。エージェンシーの本社というのが、避難する際に子供が軽傷を負ったテロ未遂事件があった場所ですし」

旅行前は特に忙しかったため、そんなことがあったなんて知らなかった。イギリスに来てからも、テレビは全部英語でわからないため、ほとんど見ていない。

「もし、街中で見かけても心配なさらないでください。無駄に近づくのはいけませんが、テロについても不特定多数を狙った爆弾テロのようなものではありませんから」

他のツアー客からいくつか質問が出た後、オプショナルツアーを申し込んでいる人たちを残して解散となる。

部屋に戻ると、サラマたちが出かける準備を始めていた。

「どうしたのだ？」

「デモが行われてるそうです。反テロ集会だから暴力的なデモじゃないらしいんですけど、結構大きい規模だから一部交通に影響が出るかもって……」

匡は、路線図をベッドに拡げた。ちょうど近くを通る予定で、デモ隊と遭遇する可能性はあった。そうなれば、予定が狂ってしまうかもしれない。

「絨毯で飛んでいけばいいじゃねぇか」

「また、そんな危険なことを……。誰かに見られたら大変です」

「一気に上空まで上がれるぞ」

「明るいうちは危険です。それに、目的地まで行く過程も楽しいですから」

少し遠回りになるが、違うルートを探した。徒歩も増えるが、それも楽しいだろう。

「こっちの路線にしましょう。乗り換えでちょっと歩きますけど、到着時間はそんなに変わらないし」

匡は、地図をポケットにしまってリュックを背負った。何かあった時のために、ランプと壺は必ず持ち歩くようにしている。

すると、キファーフがさりげなくリュックを匡の手から奪った。

「俺が持っててやる。足腰は平気か?」

耳元で囁かれた声に、心臓が小さく跳ねる。

「だ、大丈夫です」

「相変わらずぼんやりしてんなぁ」

ふ、と口許を緩めるキファーフに、昨夜の熱い交わりを思い出して頬が熱くなった。

熱に浮かされて何を口走ったのか、よく覚えていない。不安を口にしたりしなかっただろうかと思ったが、キファーフの態度はいつもと変わらない。

「……っ、あの」

「まぁいい。歩くのが辛くなったら言えよ。俺がおんぶしてやる」

「はい。でも、大丈夫です」

「あっちが辛くなっても、ちゃ～んと言えよ。俺が直々《じきじき》に対処してやる」

「あっち？」

なんのことかわからず惚けていると、キファーフは呆れたように言う。

「連れ込んでイタズラしてやるってことだよ、昼行灯」

「それは……遠慮、しときます」

「ったく、お前は本当にぼんやりしてんなぁ。まぁ、そのちょっと足りなさそうな顔がそそるんだがな」

普段通りの態度が、むしろ匡にはありがたかった。こういったところにも、キファーフの思いやりを感じる。

「おい、匡っ。何キファーフ様と話してるのだ。準備ができたら早く出るのだ！」

「あ、はい。じゃあ、行きましょうか」

サラマに急かされ、ホテルの部屋を出る。朝食は、ここに来て二度目になるレストランで摂《と》ることにした。プレートにたっぷり乗ったソーセージなどの料理は、何度も食べたくなる味で、サラマのお気に入りだ。日本に同じような店があったら、しばしば足を向けるだろう。

腹ごしらえが終わると、さっそく移動を開始する。途中までは順調だったが、デモ隊が行進している現場に遭遇してしまった。

「なんだ、あれは。人がたくさん並んでいるのだ！」

「サラマさん、こっちで待ちましょう」

思わず、子供の手を引く父親のようにサラマの手を摑んで自分のほうへ引き寄せた。

「子供扱いするな。俺は平気だぞ」

「あ、すみません。思わず……」

ついしてしまって反省するが、サラマは匡の手を振りほどきはしなかった。しっかりと握ったまま、デモ隊の様子を眺めている。

「情報にない場所でもデモって行われてるんですね」

看板を掲げている人たちの中には、若い女性もいた。暴動に発展するようなものではなく、あくまでも理性的に行い、自分たちの訴えを知ってもらおうという姿勢が窺《うかが》える。手作りのプラカードには、大きな文字で何か書かれていた。

スピーカーを使って大声で訴えることはせず、驚くほど静かだ。イラストも、武器や爆弾などに大きなバツ印をつけたものばかりで、平和を願うからこそ、こういった形を取ったのだろうとわかる。

「なんて書いてあるんでしょう」

「すべてのテロ行為に断固反対するとかそんな感じのことだ。まぁ、力に訴えるような連中ではないようだな。デモを理由に、ただの暴徒と化す愚か者も多いからな。平和を訴える団体の中から分裂して過激派が生まれることもある。結局、人間とはそういう生き物だ」

「詳しいんですね」

「ヨッシーから聞いた。そういう連中をどうにかするのも、仕事だったからな」

忘れていたが、イシュタルの前の主は、現役の外務大臣だった人だ。こういった国際的な問題についても、各国と連携して問題解決に当たっていただろう。そんな重要な人物がイシュタルの腹の上で突然死して支障は出なかったのだろうかと、少し心配になる。

「ま。連中が暴力行為に走ったら、俺が吹き飛ばしてやる。ピンポイントで狙えるぞ」

「またキファーフさん、そんな物騒なことを……。駄目ですよ。相手が悪い人でも、そんなことしちゃいけません」

「俺の植物の力で、みんなを縛って動けなくすればいい」

「それも駄目です。もう、そういうのは見られたら駄目なんですからね。気をつけてくださいね。本当に駄目ですよ?」

まるで、悪ガキ集団を連れている引率の先生の気分だ。特にキファーフの行動には気をつけようと心に誓った。

デモ隊が通り過ぎるのを待ってから駅に入り、匡たちは無事に目的地へ向かう電車に乗ることができた。移動中は、何もせずただ車窓の景色を眺めるだけだ。

それだけでも、十分楽しい。

街中を抜けると、少しずつ車窓の様子が変わっていく。サラマが近くの席にいた老夫婦に声をかけられ、菓子を貰った。手作りのクッキーだ。段々と穏やかになっていく空気に、デモ隊に遭遇したこともすっかり忘れて、キファーフたちとゆったりした時間を過ごした。

昼前には、目的の駅に到着する。

「あ。ありました。あそこです」

電車を降りてすぐの場所に、『ヴィーナスアンドポッタリーズ』の看板があった。曜日と時間は限定されているが、無料で開放されているため、観光客の姿は多い。

「わ、すごい」

到着して最初に迎えてくれたのは、たくさんの鉢と植物だった。やはり春先に見られる華やかさはないが、それでも工夫を凝らした庭造りをしている。

工房には、多くの職人たちがいた。すべての工程がハンドメイドで行われるため、一つ一つ違いがあり、味わい深い作品になっている。

世界的に有名な植木鉢のメーカーで、芸術性も高いと評価されているのも納得だ。粘土質の土は密度が高く、割れにくくて通気性もいい。植物の根が酸素を取り込みやすく、蒸れにくいという利点もある。素焼きの他にも、釉薬《ゆうやく》を塗ったものなどカラフルな鉢もあり、デザインはさまざまだ。

一般的な鉢に比べて値段は何倍もするが、それだけ品質がよく、一生物として購入するフアンは多い。

昔はこの地方にはこういった工房がたくさんあったが、こうして残っているのは数社だという。淘汰《とうた》され、いい物だけが残り、歴史を刻んでいく。

「職人は、ポッターと言われてるらしいですよ」

「俺の壺みたいな形をしたものもあるぞ」

「本当だ。似てますね」

ろくろを回しているポッターもいれば、表面にブドウやオリーブなどの飾りをつけているポッターもいた。みんな真剣で、情熱が感じられる。いつもぼんやり生きている匡は、ただただ尊敬の念を向けるばかりだった。イシュタルもめずらしく、ポッターたちの仕事ぶりをじっと眺めている。

「みんな真剣ですよね」

「ふん、土を捏ねることのどこが楽しいんだか……。人間というのは、理解し難い生き物だな。余にはまったくわからぬ」

いつもの毒舌だが、踵《きびす》を返したイシュタルの背中が、なんとなく寂しそうに見えた。

「匡。どうかしたか？」

「いえ……」

匡の視線の先に誰がいるのか気づいたキファーフが、手で頭をポンポンと軽く叩く。そのちょっとしたことが、匡にはとても温かく感じて胸がジンとした。

「天気、少し悪くなってきたな」

空を見ると、先ほどはなかった雲が立ち籠めてきた。風も少し出てきて、鼻先が冷たくなる。マフラーに顔を埋めると、キファーフがじっと見ていることに気がつく。

「あの……なんですか?」

「服に埋もれてるお前もかーいいな。悪さしてやろうか?」

ニッと笑う悪そうなキファーフの魅力を見せつけられ、なんて返していいかわからなくなった匡は、思わず話題を変えた。

「ゆ、夕飯はどうしましょう」

唐突すぎたのか、呆れた笑みを見せられてますます落ち着かなくなる。やっぱり好きだ……、とどんな時でも自分の気持ちを再確認させられる。困ったものだ。

それから一時間ほどそこで見学をし、街に戻った匡たちは買い物をしてから早めの夕飯を摂った。サラマが選んだのは、中華だ。イギリスで中華を食べるとは思っていなかったが、安くて美味しく、サラマの調査能力の高さに関心する。

ホテルに帰る途中、またデモ隊と遭遇した。

日本に帰る日は、朝からかなり冷え込んでいた。

長かったようで短かった五日間。本場のイングリッシュガーデンを見て回り、ビッグベンやピカデリーサーカスなど有名な観光スポットもたくさん見て回ることができた。世界的に有名な『ヴィーナスアンドポッタリーズ』を見学できたことも大きい。ポッターたちの仕事ぶりは見ていて面白かったし、勉強にもなった。あの後デモに遭遇することもなく、旅行を満喫することができた。

これも、サラマがウィンナーについていた懸賞に応募してくれたからだ。

あの時は、希望の品が当たらなくて残念がっていたが、時間も経ったことだし、日本に帰ったら便利グッズでタコさんウィンナーを簡単に作れるキットを捜してみようなんて思う。

「匡。用意はいいか？」

「はい、サラマさん。オッケーです」

ベッドに壺を置いて準備をすると、匡は大きく頷いた。

「よし、行くぞ！」

サラマが、勢いをつけて壺の中にダイブする。しかし、やはり尻が引っかかってしまって上手く中に入れない。

『匡っ、早く押し込んでくれ！　頭に血が上る』

「は、はいっ！」

匡は、手でギュッギュと尻を押し込んだ。前よりもまた少し入りにくくなったようだ。

『助かったぞ、匡』

「いえ、痛くなかったですか？」

『大丈夫だ。日本に着いたら呼んでくれ』

「はい。それまでお昼寝でもしていてください」

次は、キファーフとイシュタルの番だ。用意していたランプを並べて中に入ってもらう。

「じゃあ、しばらく余は寝ることにするか」

イシュタルはすんなりと煙となってランプの中へと消えた。次はキファーフだ。

「なんかあったらすぐに呼べよ～、――うぉぉぉぉおおおお～～～～っ」

股間を擦らないよう気をつけたつもりだが、腰から半分入ったところでタッチしてしまったようだ。刺激されただけで何もしないのは男として辛いだろうが、もうチェックアウトの時間も迫っているためおとなしく収まってくれる。

帰る準備が整うと、ランプと壺をリュックに入れて背負った。ホテルの部屋で入ってもらったのは、空港は人も防犯カメラも多いからだ。トイレの個室を使うことも考えたが、人が多ければそれだけ目撃もされる。大の大人が個室に二人以上で入って一人で出てくれば、まず怪しまれるだろう。

集合時間の五分前にロビーに降りていき、ホテルから出ているバスで直接空港へ向かう。

どんよりとした雲が空を覆っていて、今にも雪がちらつきそうだった。バスから外を眺めながら、この数日間のことを思い出す。

（また来たいな……）

いい国だった。

サラマが事前にいろいろ調べてくれたため、美味しいものにもありつけた。

途中、ビッグベンが見え、それが段々遠のいていくのを眺めていた。他の乗客たちも名残惜しいのか、窓から見える大きな時計台のほうを向いている。写真を撮っている人もいた。

空港に着くと、スーツケースをカウンターであずける。

入国時と同様、今回もすんなりとゲートを通ることができたが、搭乗口が変更になったということで移動をさせられる。どうやら、政府要人がファーストクラスに乗るらしい。普段なら搭乗口から通路を通って飛行機に乗り込むが、一度外に出てバスで飛行機が停まっているところまで連れていかれる。一般人は、バスを降りてからタラップで搭乗するようだ。

大きなジェット機のため乗客も多く、飛行機に乗るまでしばらく時間がかかった。こんなこともあるのだなと思いながら、黙って順番を待つ。

リュックの中のキファーフたちが不満を漏らさないかと心配したが、全員寝ているのか、何も言ってはこない。

「はぁ……」

ようやく席についた匡は、思わず溜め息をついた。

リュックは上の棚には入れず、自分の足元に置いた。隣に座ったのは、感じのいい外国人の老夫婦だ。日本に着くまでゆっくりできそうだと、目を閉じる。

疲れていたのか、すぐに寝てしまったらしく、気がつけば離陸した後だった。シートベルトの着用サインが消えた合図音で目を覚ましたようだ。またすぐに目を閉じる。

異変が起きたのは、三十分ほど経ってからだろうか。

『なんか変だ』

突然、リュックの中からキファーフの声がして、匡はビクッと跳ね起きた。隣の席の老夫婦も声に気づいて、辺りを見回している。

『なんかおかしいぞ』

再びキファーフの声がして、今度は老婦人の視線が匡に向いた。明らかに、不審そうな顔をしている。

「し、静かに！　……します。すみません」

彼女たちにお辞儀をして謝り、慌てて荷物を持ったまま、トイレのほうへ向かった。リュックを持ってトイレに入るなんて麻薬でもやっているのではと疑われそうで、ドキドキしながらキャビンアテンダントが向こうを向いている隙に、さっと中に入る。

「あの……どうかしたんですか？　──わ！」

ランプを擦る前に、キファーフが中から出てきた。勢い余ってドアに頭をぶつける。狭いトイレの中に二人いると躰が密着してしまい、匡はキファーフに抱き締められるような格好で動けなくなった。

「あ、あの……急に、出てこないでください。狭い……」

また迫られるのかと思ったが、キファーフの表情は固く、冗談でこんなことをしているとは思えなかった。険しい表情など滅多に見せないため、不安になる。

「なんか変なんだよ。妙な力を感じる」

「え……」

キファーフは、何かを捜すように耳を澄ました。いや、音ではなく、気配を感じ取ろうとしているようだ。思わず、息を殺した。

イシュタルもサラマもまだ中にいるが、意見は同じらしく、口々に『おかしい』と言っている。だが、どんなに気配を感じようとしても匡には何もわからないため、不安はより大きくなるばかりだ。

その時、機体が大きく揺れた。

「──わぁ……っ！」

すごい衝撃だった。エアポケットに入ると機体が大きく揺れることはあるが、キファーフたちの言動からそういったものでないとわかる。今の衝撃で席に戻るよう機長から指示が出たのか、それとも中の騒ぎを聞いたからなのか、ドアが叩かれる。

どうやらキャビンアテンダントが、中から出てくるよう言っているようだ。

『匡、外に出るから受け止めてくれ』

「え……っ、ちょ……っ、今は……っ、サラマさん、待……っ」

言い終わらないうちに、サラマが中から飛び出してきた。急だったため受け止めることができず、一度天井に当たり、一メートルもないドアと壁の間をボールが跳ねるように何度か往復してからやっと止まる。

「あいたたたたた……」

「だっ、大丈夫ですか、サラマさんっ」

さすがにこの騒ぎだ。間違いなく、中で何かが起きていると確信したらしい。

『ファッツァプン？　キャナイヘルプユー？』

さらに、激しくドアがノックされる。もう一人別のキャビンアテンダントが来たらしく、外の声は二人ぶんになった。何かおかしいと、二人で話しているようだ。機長に報告されるのも時間の問題かもしれない。

「どどどどどどどうしましょう」

匡はパニック状態だった。ここで見つかったら、大変なことになる。

しかし、サラマはいたって落ち着いた様子で、壺の中から持ってきたものを手に拡げてみせる。種のようなものだ。

「大丈夫なのだ。俺にいい考えがあるのだ。息を止めておけ。眠らせられるのはこれしか残ってないから、失敗できない」

言われた通り、ドアを少しだけ開けてサラマから貰った種を外に放った。すると、それはあっという間に芽吹いて大きくなる。女性の悲鳴が響いた。

大変だ。大騒ぎになる。

そう思った瞬間、植物は花開き、生きているかのように花の部分を大きく揺らした。花粉が飛び散っているのを見て、あんぐりと口を開ける。

「匡っ、息をするなと言っただろう！」

「え、なん……、ぐー……」

睡魔に襲われた匡は、深い眠りに陥った。心地好い眠りだ。次に目を開けた時には、床に寝かされた状態でキファーフたちが顔を覗き込んでいた。イシュタルも自力で出てきている。

「匡っ！」

「んぁ？」

花の匂いを嗅《か》がされて目を覚ました匡は、乗客やキャビンアテンダントたちが全員眠ってしまっていることに気づいた。解毒剤のようなものだろうか。驚いて息を吸ったため、匡も寝てしまったようだ。

「寝て……ました？」

「一瞬だったがな」

「だから息を止めておけと言ったのだ」

「えっと……すみませ……、——わ……っ！」

また機体が大きく揺れた。機体全体がガタガタと音を立てている。

「今の……っ」

「すぐ近くに俺たちの仲間がいる」

「ああ、余も感じるぞ。何やら嫌な感じだ」

「仲間って……ランプの精ってことですか……？」

「そうだ。この飛行機を落とそうとしてる」

機内の電話が鳴っていた。おそらく、機長たちがキャビンアテンダントに連絡を取ろうとしているのだ。だが、全員眠っているため、誰も出ない。匡が代わりに出たところで、誤魔化せるはずもない。

「サラマ。様子を見に操縦室から出てこないようにドアを塞いでおけるか？」

「はい。それなら、大丈夫です、キファーフ様。今ポシェットを持ってきます。匡！　頼む！」

　サラマは、頭から壺にダイヴした。やはり尻が引っかかったため押し込んでやる。次に出てきた時は、ちゃんとキャッチした。今度はポシェットを肩から斜めにかけていて、中からまた違う植物の種を取り出した。サラマが呪文を唱えると、種は芽吹いて大きくなり、操縦室のドアの取っ手に絡みついて固まった。

　これで、機内の異変を確かめようとしてもドアは開かない。そんな余裕もないだろうが、念のためだ。

「行くぞ。匡、リュックは持っていけよ」

「は、はい！」

　促され、匡はランプと壺の入ったリュックを背負ってキファーフに続いた。

「どうやって外に出るんですか？　ドアを開けたら、機内の気圧が変化して墜落します」

「んなこたぁ、わかってるよ。いったん貨物室に出る。サラマ、お前も手伝え」

「はい！　キファーフ様」

「イシュタル。お前は絨毯だ。匡とサラマを頼む」

「まぁ、匡とちびっ子を乗せるくらい、別にいいが……」

　匡たちは、貨物室に繋がるドアを捜した。すると、機内後部の床に扉がある。

「これだな」

キファーフが言っていた通り、下は貨物室になっていた。機内ほど快適ではないが、気圧も気温もある程度には保たれている。四人でそこに降り、さらに外に繋がるドアを捜した。すぐに見つかるが、ここを開けたら気圧で飛行機が大破してしまいそうだ。

「開けて大丈夫ですか？」

「賭《か》けだな。まぁ、どうせこのままじゃあこの飛行機は落とされる。一か八かやるしかねぇんだよ。サラマ、このドアの周りだけ植物で覆えるか？」

「はい。でも、どのくらい耐えられるかわかりません」

「そうだな。それに、外に出たらドアを閉める必要があるな」

まず、サラマの植物でドアの周りを覆って部屋を作る。匡たちはその中に入り、ドアを開けて外に出るのだ。植物の壁に覆われているため、気圧で機体が壊れることはない。ただし、ドアを閉めるまで持てばの話だ。サラマの植物がどのくらい耐えられるかは、実際にやってみないとわからない。その後は、別の植物で外側からドアの部分を覆って補強する。

「とにかく、やってみるしかねぇな」

手順が決まると全員顔を合わせて頷き、身構えた。一歩間違えば、飛行機が墜落する可能性がある。心臓が口から飛び出しそうだった。

「イシュタル。絨毯を出せ」

「わかっておる。だが……狭いな」

「文句言うな。匡たちを頼むぞ。——サラマ」

「はい、キファーフ様！」

サラマが呪文を唱えると、植物の種から芽が出て大きくなり、それはあっという間にドアの周りを覆って部屋を作った。

「絨毯に乗れ。開けるぞ。……っく！」

ドアを開けた瞬間、すごい風圧を感じる。サラマの作った壁の隅が、破れた。途端にスーツケースが外に向かって飛び出す。

「今だ！」

「わぁぁぁあああああ～～～～～～～～～～っ！」

まるでスカイダイビングするかのように、絨毯に乗ったまま飛行機から飛び降りた。葉はいったん形を崩したが、なんとかもってくれたようで、絨毯が安定して振り返ると巨大な絆創膏《ばんそうこう》でも貼ったかのようにドアの上から大きな緑色の葉がその部分を覆っていた。いくつかスーツケースは飛んでいってしまったが、最小限の被害で済んだようだ。

あっという間に機体が離れていき、ある一定の距離になると同じ速度で飛び始める。転げ落ちそうで、思わずイシュタルの腰にしがみついた。サラマはさらに匡の腰だ。すごい速さで飛んでいるはずだが、そんなことは感じさせない。

「そんなにしがみつかずとも、絨毯の上は安全だぞ。人間が生存できる状態は作れる」

「でも、でも……っ」

キファーフの絨毯で空を飛んだことがあると言っても、ここまで高いところというのは初めてで、足が竦んだ。サラマもまだ自分で絨毯を飛ばせないため慣れないらしく、必死で匡にしがみついている。上空は寒く、風もある程度は感じるが、空気の層が絨毯を包んでいるため、人間の匡でも十分耐えられる。

「キファーフ様、あそこです！」

サラマが指差した方向を見ると、人影が浮かんでいた。キファーフと同じように、絨毯に乗って飛んでいるのではなく、宙に浮いている。

間違いない。ランプの精だ。

（あれが……キファーフさんが言ってたランプの精）

飛行機を落とそうとしている本人だ。少なくとも、今は味方ではない。話してわかってくれる相手なのかは、まだわからない。

匡は、ゴクリと唾を飲んで飛んでいる青年をじっと見た。

「誰だありゃ。初めて見る顔だな」

キファーフが額に手をかざし、遠くに浮かんでいる青年を見ている。彼は、褐色の肌をしていた。キファーフより少し細身だが、ほどよく筋肉がついていて、遠目で見ても顔立ちがキリッとしているのがわかる。ただ、表情は硬い。

「あの人が、飛行機を落とそうとしてるんですよね?」

「だろうな。あれを見ろ」

空に竜巻がいくつも浮かんでいた。こんな上空で、しかもあんな状態で竜巻が発生するなんて聞いたことがない。あれで攻撃しているらしい。

「あれがあの男の能力のようだな」

「すごい竜巻なのです! 天候を操る能力があるランプの精がいるというのは、聞いたことがあるのです!」

「そんなすごい力があるんですか?」

「余も聞いたことがあるぞ。だが、自然を操るのは難しい。おそらく、奴の能力は竜巻を起こすことだ。雨を降らせたり嵐を起こしたりすることはできないだろう」

「でも、飛行機を落とすことはできますよね」

「そんなことは、俺がさせねぇよ。匡にそんな顔させる奴は、俺様が相手になってやる」

キファーフが『任せろ』とばかりに、ウィンクしてみせた。あまりの男前ぶりにのけ反りながら赤面した。こんな非常事態でもキファーフはキファーフだ。いつでもどこでも下ネタを忘れないのと同じように、牡のフェロモンを振りまいている。

「おい、てめぇ。今すぐここから去れ。でねぇと、俺が相手になるぞ！」

相手の反応はなかった。黙ってキファーフを睨んでいる。

「なんで俺たちの乗った飛行機を落とそうとする？」

「主の命令だからだ」

主とは、つまり人間のことだ。誰がなんの目的で飛行機を落とそうとしているのか――。

個人的な恨み。不特定多数を狙った愉快犯。あるいはテロリスト。

あらゆる可能性を考えた匡は、飛行機に乗る前に搭乗口が変更になったことを思い出した。あの飛行機には、政府要人が乗っている。もしかしたら、その人がターゲットなのかもしれない。イシュタルが暗殺に使われた過去を考えると、その可能性は大きい。

キファーフのような高い戦闘能力がなくとも、使いようによっては誰かを殺せる。

「主の命令か……。余はうんざりだ。人間どもの殺し合いに巻き込まれるなんて、たまったものではない」

「文句を言うなっつっただろう。二人を頼むぞ、イシュタル」

キファーフは匡たちから離れ、戦闘態勢に入った。匡たちを連れて飛行機を出たのは、万が一墜落した時のことを考えたのだろう。自分の目の届くところにいてもらったほうが、護りやすい。

けれども、そう簡単に飛行機を墜落させるつもりもないようだ。

「キファーフさん！」

竜巻が、キファーフを襲った。だが、爆風により竜巻は二つに折れるようにちぎれ、消えてしまう。

「心配などいらぬ。キファーフは強い。あんな男に負けるような男ではない。それに、飛行機が落ちてもそちはちゃんと日本まで送り届けてやる。安心しておけ」

「駄目ですよ。自分だけ助かっても嬉しくありません」

「贅沢《ぜいたく》な奴だな」

「あ！」

また竜巻がキファーフを襲った。それもすぐに、弾けて消える。

「おい、いい加減にしろ。俺ぁ、あんまり闘いたくねぇんだよ。マイスイートハニーとハネムーンみてぇな甘い旅を堪能した帰りなんだ。このまんま甘い雰囲気を持って帰ってマンションでまた一発って目論《もくろ》んでるってのに、飛行機が落ちて人が死んだらハニーがその気になんねぇだろうが」

ふざけた態度のキファーフに、男はなんの反応も示さなかった。感情の欠片《かけら》も見せない。

「人の話聞いてんのかぁ？　俺はヌッカヌッカ科だ。俺に敵《かな》うわけがねぇだろうが」

キファーフが手加減しているのは、よくわかった。何度竜巻を起こしてキファーフを攻撃しようが、まったく通用しない。しかし、男はそれでも諦めなかった。持久戦に持ち込むつもりなのか、それは幾度となく繰り返される。

そして、何度目かの攻撃をキファーフが阻止した時だった。

「――わ……っ！」

目の前に空気の渦が迫ってきたかと思うと、匡の躰は竜巻に吸い込まれるように浮いて絨毯から離れた。そして、男の元へ運ばれる。後ろから首に腕を回され、拘束された。

「う……っく！」

「匡っ！　てめぇ、汚ねぇぞ！」

「闘いにきれいも汚いもない。こいつの命が惜しければ、そこを退《ど》け」

さらに竜巻がいくつも発生して、イシュタルの絨毯を取り囲んだ。あれでは、身動きがとれない。

キファーフにはピンポイントで獲物を攻撃する能力があるが、それが空気の渦となると話は別だ。今までの攻撃は、すべて爆風で応戦した。同じやり方をすれば、匡たちも巻き込まれるだろう。

「おい、無愛想なお前！　匡を返すのだ！」

サラマがポシェットから出した種が勢いよく芽吹いて攻撃を仕掛けようとするが、あっさりと竜巻に弾かれた。歯が立たない。

「俺が主の命令を遂行できれば、こいつは返してやれる」

「駄目です、キファーフさん！　飛行機を落とさせちゃ駄目です！」

匡は、必死で叫んだ。何百人もの乗客の命がかかっているのだ。ここは、なんとしても男を阻止しなければならない。

「だとよ。主の命令だ。俺も引き下がるわけにはいかねぇよ」

「そうか」

「……っぐ」

首を締め上げられた。苦しくて、目が霞む。キファーフの怒りが伝わってきた。表情からではない。怒りのオーラのようなものを感じる。

「匡を殺したら、お前をズタズタにしてやる。主の命令を遂行することはできねぇぞ」

「だったら、お前を先に始末するだけだ」

その時、はるか下のほうにある雲から竜巻が上がった。それは氷の粒を含み、凶器となってキファーフを切り裂く。

「――ぐぁ……っ！」

「戦闘に特化した能力でなくとも、こういう闘い方はできる」

血だらけになったキファーフを見て、匡は血の気が引いた。このままでは、キファーフが殺されてしまう。自分が人質になったせいで、キファーフが存分に闘えない。

攻撃をよけないのは、注意を自分に向けて飛行機を護ろうとしているからだろう。普段はちっとも匡の言うことなど聞かないが、こういう時は別だ。匡が心底願うことは、なんとしても叶えようとしてくれる。

「どうして……こんなこと、するんですか？」

「主の命令だ」

「飛行機を落とすなんて、そんなことしちゃ駄目です。たくさんの人が死ぬんですよ？」

「わかっている。だが、主の命令だ」

「そんな命令、逆らえばいいじゃないですか」

「命令に従うのが俺の役目だ。俺にとって主の言うことは、絶対だ」

せめて訴えることで攻撃をやめさせようと思ったが、繰り返されるのは、同じ言葉ばかりだ。心を動かすことはできない。彼には、主の命に逆らうという考えはないらしい。正しいことかどうかよりも、大事なのかもしれない。

（そんなの……駄目だ……）

悪い人間に使われているのなら、解放してやらないと人間のエゴにつき合わされて悪いことを繰り返すことになるのは、目に見えていた。ランプの精を、人殺しの道具にしてはいけない。このままでは、利用されるだけ利用される。

「匡っ！　今助けてやるのだ！」

その時、一瞬の隙をついて植物の蔓が迫ってきて匡の躰に巻きついた。途端に匡は男から引き剝がされて放り出されるが、キファーフが咄嗟に絨毯を飛ばしてくれたため、それに受け止められる。しかし、安心はできない。再び竜巻に囲まれた。うねる竜巻は匡の肩を掠め、上着が引きちぎられて絨毯から転げ落ちそうになる。

「――ぎゃあ！」

突然、サラマの叫び声が響いた。匡に巻きついていた植物の蔓が、力なく解けていく。まるでそれを操る者が力つきたというように、落ちていった。なぜ……、と呆然《ぼうぜん》としていた匡だが、自分の背中の異変に気づいた。

先ほどの竜巻――掠めたのではなく、リュックを直撃したのだ。中でランプと壺が激しくぶつかったらしい。慌てて中を確認すると、サラマの壺にヒビが入っている。

「――サラマァッ！」

キファーフの声を聞きながら、震える手でサラマの壺を取り出した。ヒビは大きく、今にも二つに割れてしまいそうだった。

「サ、サラマ……さ……」

「ちびっこ！」

イシュタルがサラマを呼んでいるが、目を開けないらしい。匡のところからはサラマの表情は見えないが、イシュタルの様子から危険な状態だというのはわかる。

「ちびっこ！　しっかりしろちびっこ！」

何度イシュタルが呼んでも、サラマは起き上がらなかった。

「てめぇ、よくもサラマの壺を……っ」

絞り出すようなキファーフの声に、怒りが頂点に達しているとわかるが、手を出せる状況ではない。悔しいが、分はあちらにある。

イシュタルは腕の中で弱っていくサラマを見ながら、怒りに満ちた声で言った。

「人間のせいでこれだ。主の言うことを聞くしかないランプの精を利用して、こうして闘いを仕掛けるなど……っ」

確かにその通りだ。今闘っているのはランプの精だが、元は人間が自分の目的のために利用したからこうなった。サラマが瀕死の重傷を負っているのも、そのせいだ。

「……ごめんなさい。……ごめ……なさ……い……」

どうしていいかわからなかった。ランプと壺を任されたのに、それすらも護ることができない。もっと気をつけていれば、サラマの壺が割れることはなかった。

情けなくて、悔しくて、涙が出た。そしてさらに、匡を責めるように攻撃を受けたキファーフの苦痛に満ちた声が響いてくる。

「――ぐぁあ……っ！」

「キファーフさん！」

また、氷の粒が混じった竜巻がキファーフを襲った。直視できない。

しかも、飛行機を見ると、絆創膏のように貼りついていたサラマの植物はすでにはがれかけているのがわかった。中からロックをしていないため、全部はがれれば貨物室のドアが開いてしまう。そうなれば、攻撃を受けずとも飛行機が墜落するのは間違いない。

「イシュタルさん！　飛行機が……っ」

「飛行機だと？　知らぬ。余は人間など助けぬ。飛行機がどうなろうと知ったことか。そちもケガまで負っているではないか！　誰のせいだ？　誰が仕組んだ？　全部人間だ！」

イシュタルの過去を知っている匡には、なんの説得の言葉も浮かばなかった。

愛する者と引き裂かれたのは、人間のエゴによるものだ。この状況でイシュタルに全員を救ってくれなんて言えない。言えないが、乗客たちをこのまま見殺しにすることもできない。

今、命の危険に晒されているのは、この闘いを仕掛けた人ではないのだ。

どうすれば。

いったいどうすれば。

何も考えが浮かばず、ヒビの入った壺を抱いていることしかできない。

「ちびっこ！　おい、ちびっこ！」

イシュタルの腕の中のサラマが、消えかかっているのが見えた。半透明になっていて、サラマの躰が透けている。このままでは、本当に消滅してしまう。

「誰か……っ、助けて……、サラマさんが……っ、キファーフさんが……っ」

匡は、震える声で祈った。祈ることしかできず、サラマの壺を抱いていた。涙が溢れ、自分の命を引き替えにしてもいいからと、目を閉じて何度も心の中で強く願う。

次第に肩がズクズクと熱を持ち始め、気が遠くなり始めた。自覚していた以上に、傷が深かったのかもしれない。だが、サラマより軽傷だ。気を失っている場合ではない。

そう思うが、激しい目眩に座っていられず、とうとう絨毯の上に倒れ込んでしまった。なんとかしなければと思うが、一度そうなると、なかなか起き上がることができない。

どのくらい、そうしていただろうか。すぐ近くに人の気配を感じた。

（誰……？）

目を開くと、視界に爪先が入ってきた。顔を上げ、驚いて目を見開く。

（え……）

夢か幻か——。

匡は、驚きのあまり声も出せず、目の前の人物を見ていた。

『君はイシュタルの友達だね。あの子も……』

イシュタルと一緒にいた、金髪の青年だった。

金髪とグリーンアイ。優しそうな印象の青年で、匡に向けられる視線は慈愛に満ちている。

一刻を争う事態だというのになぜか安心できた。しかも、はるか上空にいるはずなのに周りは霧に覆われたようになっていて、別世界に飛ばされたかのようだ。何か、非現実的なことが起きそうな気がする。

『この壺が、あの子の命綱のようだ。修復できれば、助かるかもしれない。貸してごらん』

「で、でも……」

『大丈夫だよ。信じて』

両手を伸ばされ、匡は縋《すが》るような思いでサラマの壺を渡した。渡していい相手だと、感じた。助けてくれると……。

壺を受け取った青年はゆっくりと跪き、その状態を確かめる。

『なるほど。とても素敵な壺だね。これがあの子のおうちなのかな。きっと上手く修復できるさ。生きていた頃は、職人だったんだからね』

青年は、壺の修復を始めた。サラマの壺に入ったヒビの部分に手を当てるとそこが明るくなり、光の粒が集まっていく。それはどこか温かく、匡の傷の痛みも癒されるようだった。

しばらくすると、再び壺を差し出される。

『これでいい。あの子が助かるといいのだが……』

サラマの壺は、見事に蘇っていた。ヒビの入った場所には、違う素材のものが練り込まれている。それは模様のようで、初めからこういうデザインで作られたもののようだった。

壺を手にしていると、それは温かく感じ、生命が宿っている気さえしてくる。それは泣いていた匡に「大丈夫だ」と伝えるように、じんわりと匡を包んだ。

（夢……？）

ハッと我に返った匡は、辺りを見回した。まだ絨毯の上にいて状況は変わっていない。自分がサラマの壺を抱いているのに気づき、なんとか身を起こして状態を確かめた。

修復されている。今までなかった新しい模様。

そう思うのと同時に、壺の中からサラマの声が聞こえてくる。

『むむむむむむ〜〜〜〜〜〜〜っ！』

匡は、反射的に壺の口を躰で覆った。すると、中から勢いよくサラマが飛び出してくる。

「ぐぉ……っ！　げほげほげほ……っ」

鳩尾《みぞおち》に深く入ったが、上手く受け止めることができた。

「うう……っ、……サ、サラマさん……っ！」

「……ううう〜……、いたたたたた……」

イシュタルの腕の中で瀕死の状態だったサラマは、壺の中から復活した。半透明になっていた躰も、元通りになっている。飛行機を見ると、元気であることを証明するかのように、貨物室の扉に貼りついていた植物は再び力を取り戻してしっかりとその部分を覆っていた。

込み上げてくるものがあり、匡は思わずサラマを抱き締めた。

「サラマさんっ、よかった！　本当によかった！」

「ぐ、ぐるしい……、俺はいったいどうしたのだ？　匡、ケガをしているではないか」

「俺はいいです。それより、キファーフさんが……」

キファーフたちを見ると、まだ闘っていた。いや、闘っているのではない。一方的にやられている。やられることで、飛行機を護っている。

「なんとかしなきゃ……」

匡たちがいる絨毯の周りには、竜巻がいくつもあった。人質に取られた状態のままでは、キファーフはああして盾になっていることしかできない。

「匡、あれは……誰なのだ？」

「え……」

サラマは、イシュタルのいるほうを指差した。そこには、先ほどの続きと思わせる光景がある。金髪の青年だ。

「イシュタルさん……」

二人は、向かい合わせで立っていた。イシュタルは信じられないとばかりに、青年の顔をじっと見ている。その目に浮かんでいるのは、戸惑いと驚き。そして、恋慕。

「久し振りだね。元気そうだ」

その優しさに満ちた声は、間違いなくイシュタルへの想いがゆえだと感じた。匡に話しかけて来た時も安心させられる声だったが、それ以上の温かみを感じる。

「どうして、仲間が困っているのに助けてやらないのだい？」

「人間など……っ、助けたくはない。人間など、嫌いだ」

「お前が人間を嫌いだというのは、俺のせいだね？」

「ち、違う！」

「違わない。工房を護るために、お前を手放した。お前がどんなふうに使われるかわかっていたのに、俺が不甲斐《ふがい》ないばかりに、手放してしまった」

青年は顔をしかめ、苦しげな表情になった。自責の念が、彼を苦しめているとわかる。

その間も、キファーフは攻撃を受け続けていた。苦痛に満ちた声が響くと、イシュタルの表情が怒りに満ちる。

「ほら見ろ。我らランプの精同士が争っているのは、人間のせいだ！　主の命令を遂行するために余の仲間を殺そうとしている！　悪いのは、強欲な人間どもだ」

「すまない」

「なぜ謝るのだ？　そなたも、酷い目に遭ったではないか。余を渡さなければ、工房をつぶすと言われたではないか。国にいられなくしてやるとも……っ。奴らはどうにでもできた。

余を手に入れるために、どんな手も使うことができた。悪いのは奴らだ！　強欲な人間どもだ！　地位も金も持っているのに、まだ多くを欲しがる欲深い人間だ！」

「俺も人間だよ」

「違う！　あんな奴らとは違う！」

イシュタルが、感情的になっていた。それほど、引き裂かれた辛さが大きかったのだろう。彼とずっと一緒にいたかったはずだ。

匡もそうだから、その気持ちはわかる。キファーフの側にずっといたいという気持ちが強い匡だからこそ、悲しみも怒りも理解できる。欲にまみれた人間のせいで引き裂かれたら、匡もきっと恨むだろう。人間を、世の中を、深く憎むに違いない。

「そうだね。確かにそうだ。みんな一人一人違う。あの飛行機に乗っている人たちにも、いろいろいる。そこの人もそうだ。友達なんだろう？」

「匡は……マシだ。貪欲ではない」

「ほら、本当はわかっているじゃないか」

返事をしないイシュタルに、青年は困ったような顔をした。頑《かたく》なな相手にどう言ったらわかってもらえるか、考えているのだろう。けれども、その表情にはどこか幸せそうな感情も表れていた。まるで、我儘《わがまま》を言われて困っているような、そんな甘い感情だ。

どうやってあのイシュタルを説得するのか、見守り続ける。

青年の口から出たのは、仲間を助けるよう説得する言葉ではなかった。

「愛していたよ」

静かに、だが心からの言葉だとわかる言い方で青年はそう告白した。

愛していたよ。

飾らない言葉だ。けれども、心に強く訴えてくる。なぜか匡までもが涙ぐんでしまった。

どうしてこんなにも心を揺り動かされるのだろう。

「愛していたよ、イシュタル。そして、今も愛している。今も、心から君を愛している」

イシュタルの目から、大粒の涙が溢れた。ぽろぽろと零れ落ちるそれは、宝石のように見えた。どんな高価なものよりも、価値のあるものだ。告げられなかった思いが今、ようやくイシュタルに伝わった。その涙だからだ。

「ちゃんと、伝えるべきだった。手放さなければならなかったから、そんなことを言う資格はないと思っていた。でも、ちゃんと言えばよかった」

青年はイシュタルの手を取り、いとおしげに見つめてさすった。イシュタルの細くて美しい手に重ねられたのは、働く者の手だった。匡のところからは見えるはずがないが、手に取るようにわかった。

少し荒れているが、労働により荒れた手は、とても美しい。

「本当は誰にも渡したくなかったんだよ。どんなに辛かったか……」

「余も……っ、そなたの、側に……いたかった」

素直な気持ちを口にしたイシュタルに、青年は目を細める。

「辛い思いをさせた。俺も辛かったよ。喪失感で迷いを抱いた時もあった。お前を手放してまで工房を護ったのは正しかったのだろうかと、思い悩んだ。両親も何もかも全部捨てて、お前と逃げればよかったと思ったこともあった。そんな自分が嫌になったこともあった」

「悪いのは……そなたでは、ない。ヘンリー……」

感極まったように言葉を詰まらせるイシュタルの声に、心臓が大きく鳴った。イシュタルが口にした名は、聞いたことがあったからだ。生きていた頃は職人だったと言ってサラマの壺を修復してくれたことや、工房という言葉からも、連想できる。

ヘンリー・マクレーン――世界的に有名なテラコッタのメーカーである『ヴィーナスアンドポッタリーズ』の創設者だ。歴史あるメーカーで、今も世界中の人から愛されている。

見学してきたばかりではないか。

イシュタルも、一緒に行った。だが、あのメーカーがかつて自分の愛した人が遺したものだとは、思いもしなかっただろう。

匡には、これがただの偶然に思えなかった。

キファーフを追って匡の元へ来たイシュタル。そしてサラマが応募した懸賞。イギリスに来て、匡が見たかったテラコッタの鉢を作る老舗《しにせ》メーカー。

運命としか思えない。二人があのまま永遠に別れてしまうのを憐れに思った神様が、二人を引き合わせてくれたかのようだ。

人間であるヘンリー・マクレーンの死により、二度と再会が叶わなくなったはずだが、きっと大きな力が手を差し伸べた。二人をもう一度会わせるために。二人が互いの想いをきちんと伝え合うチャンスを与えてくれた――そう思えてならない。

「お前を失った後、いろんな人に支えられた。おかげで立て直すことができた。抱えていた職人たちが、仕事を失わずに済んだ。お前が自分の身を差し出して工房を護ってくれたおかげで、職人としての一生をまっとうすることができた」

「ヘンリー、……ヘンリー……ッ」

「確かに、お前の友達がランプの精同士で闘っているのは、人間のせいだ。でも、平和を愛している人がたくさんいるのも事実なのだよ。花を愛でて庭を造って、美しいものを見るのが幸せだと言う人もいる。それに、平和だから花を植えられるんだ。世界が平和だから、人を愛せる。人間は捨てたもんじゃないと思うんだ」

「う……っく」

「だから……人間を嫌わないでおくれ。俺のせいで傷つけてしまったから、お前が人間を嫌うのは辛い。憎しみは、美しいお前には似合わない。人間を……俺を、許してくれ」

イシュタルは、何度も首を横に振った。言いたいことがあるが声にならないようで、何度も言葉を発しようとしては嗚咽《おえつ》を漏らす。

何度か同じことを繰り返し、ようやく声になる。

「そなたが……そなたが、夢を叶えられたのなら、それでいいのだ。余はそれで……っ」

女王様のように振る舞っているイシュタルは、たった一人の愛する人のために、その身を差し出されることを受け入れた。深い想いが護った工房だからこそ、世界の人々に愛されるものにまで成長した。

「余もそなたを……愛していた。今も……愛している」

震える声で気持ちを告げられた青年は、目を細めていとおしげにイシュタルを見つめた。そして、優しく口づける。唇を離しても見つめ続け、頬に手を添える。

まるで映画のワンシーンのようだった。

「知っているよ。つれないお前が、本当は俺を愛してくれていたのは知っている」

「本当に……？」

「ああ。友達を大事にするんだよ」

イシュタルが、頷くのが見えた。すると、想いを届け合ったのを合図に、青年の躰が段々と透けてくる。それは端のほうから光の粒になって溶け出し始めた。

「ヘンリー……ッ」

「ありがとう。ありがとう、愛するイシュタル。これからも、ずっと見守っているよ」

そう言い残して、青年は消えた。

その余韻を感じるようにイシュタルは目を閉じ、そして深呼吸してからゆっくりを瞼《まぶた》を開いた。噛み締めるようなその一連の仕種に、これまで積み重ねられた想いを感じる。

そして、現実を見つけるかのごとく再びキファーフの苦痛に満ちた声が聞こえてきた。

「――イシュタルさん……っ！」

一刻を争う事態だと訴えようとすると、わかっているとばかりに匡を見下ろした。いつものイシュタルだ。美しく、高飛車で、それでいてどこか憎めない。

「余に任せておけ、ちんくしゃ！」

イシュタルはそう言うと、ランプの精に向かって叫んだ。

「おい、貴様！　余を見ろ！」

「イ、イシュタルさん……っ！」

イシュタルが、大股を開いたセクシーポーズで彼を挑発した。

この場面で、そんな行動に出るとは思わなかったのだろう。あまりに突拍子もない行動に驚きすぎたのか、ランプの精は目を点にしてイシュタルを見ている。心なしか、顔が赤いように見えた。そうかと思うと、赤みは増し、耳まで広がる。

そして、すべての竜巻が消えた。

「今だ！　キファーフ！」

イシュタルの声が響き、匡とサラマの乗った絨毯はキファーフの元へ直行する。イシュタルもすぐに追いついてきた。再び竜巻が匡たちを囲うために迫ってきたが、キファーフがそうさせない。一度竜巻から逃れた匡たちはキファーフにがっちりと護られているため、今さら手を出すことはできなかった。

「はっ、これでやっと自由に闘える！　お前ら、俺から離れんなよ」

言って、再び戦闘態勢に入ったキファーフは手をかざした。

「人質なんて取らねぇで、正々堂々と闘ってみろ！」

「ぐ……っ」

攻撃を竜巻の層で防ごうとするが、戦闘能力でキファーフに敵うはずがない。爆風で飛ばされ、二つに折れて消える。攻撃どころではなく、自分の身を護るので精一杯だ。

だが、これでもキファーフはまだ本気ではない。トドメとばかりに、今度は右手で薙《な》ぎ払うようにして攻撃を与えた。

「──ぐぁぁぁあああ……っ！」

ランプの精のすぐ側で大きな爆発が起き、真っ逆さまに落ちていく。途中、軌道を変えて再び飛び始めたが、ふわふわと安定しない。浮かんでいるのがやっとという感じだ。絨毯を出したかと思うと、それに乗って逃げていく。

「やったぁ！　キファーフ様っ、さすがなのです！」

サラマが喜んで両手を挙げるが、すぐにそんな状況ではないことに気づいた。

「キファーフさん……っ」

キファーフは、血だらけでボロボロだった。どれだけの攻撃をまともに受けたのだろう。匡たちを人質に取られ、飛行機を護るために躰を張った。氷の粒の混じった竜巻は、鋭利な刃物と同じだ。何度も切りつけられた。

「心配するな。見た目ほど酷くはねぇよ。それより匡もケガしてんだろう」

肩の傷は痛むが、キファーフに比べるとそんなことは言っていられない。

「いえ、大丈夫です。俺は大丈夫ですけど……」

傷を負ったランプの精が気になって仕方なかった。悪い人間の手に渡ったランプの精。飛行機を墜落させようとするテロ行為を平気で企む人間の手に委ねたままでいたら、どんな使い方をされるかわからない。

「俺はあいつを追いかける。もう攻撃されねぇとは思うが、命令した奴をとっ捕まえねぇと、危険だからな。お前らは飛行機に戻ってろ」

「俺も一緒に行かせてください。駄目ですか?」

匡は、無理を承知で言った。自分が行けば足手まといになることもわかっている。だが、放っておけない。あのランプの精が悪い主の元にいるのなら、その手から奪わなければ――。

その思いに、使命感すら抱いていた。

　譲るか売るかしなければ、主は変わらない。キファーフだけが行っても、主を殺さない限り彼は自由になれないのだ。キファーフの言葉から、主である人物を殺すつもりがないのもわかっている。

「あのランプの精を追いかけましょう。あのランプの精は、悪い人に利用されてます。このままだと、どんなことに使われるかわかりません」

　今度はサラマの壺を割らないよう、上着を脱いで何重にも包み、リュックにしまった。

「匡らしいな。わかったよ。お前は俺が護ってやるから安心しろ」

「余も、行くことになりそうだな。まぁ、仕方ない。つき合ってやる」

「傷は俺に任せるのだ、キファーフ様も……傷を見せてください」

「ああ。移動しながら頼む。今なら追いつけるからな。スピード出すぞ」

　キファーフがそう言ったのを合図に、絨毯がすごい勢いで飛び出す。そして、全員でランプの精を追いかけた。

　広大な敷地が、眼下に広がっていた。

ランプの精が逃げ込んだ場所は、イギリス郊外にある工場のような場所だった。周りはフェンスで囲まれていて、有刺鉄線が張り巡らされている。建物は二階建てだ。地下もあるかもしれない。

「あそこだ。奴の主もいるだろうな」

「ええ。ところで傷はどうですか？　キファーフさん」

「ああ。これならすぐに治る。匡、お前はどうだ？」

「はい。俺もすごい速さで治ってる感じがします。気持ちいいです。サラマさんの薬草はすごいですね」

ランプの精を追いかけながらサラマの薬草で治療をしてもらったおかげで、痛みはなくなっていた。サラマの呪文で芽吹いた薬草は、包帯のように巻きついて傷口をしっかりと包んで保護している。薬草の成分が染み込んでいるのか、少しジンジンするが心地いい感覚だ。熱めの風呂に入った時の感覚に似ている。

「だけどイシュタルさん。さっきのはすごい攻撃でした」

「当然だ。余の色香は同じランプの精をも魅了する」

「俺にピンチが来たら、またあれやってくれ」

「ふん、その必要が出てきた時はな……」

流し目をしながら笑ってみせるイシュタルには、気高さすら感じた。この美しい人がいきなりあんな格好で挑発してくれれば、どんな相手の隙もつける気がする。

「あ……」

その時、イシュタルが何かに気づいて小さく声をあげた。

「どうかしたんですか?」

「あれを見ろ」

指差した先にあったのは、大きな旗だ。風に吹かれてはためいている。

「あれは『ピースオブアース』の印だ」

それがなんの組織なのか、すぐにわかった。関連のニュースをテレビで見たり新聞で読んだりしたのは、つい数ヶ月前のことだ。誘拐未遂事件を起こした環境保護団体で、過激な行動に走っている。国際テロ対策委員会が乗り出していることを考えると、危険な人たちだというのは明らかだ。武装している可能性も高い。

「言ったであろう? ヨッシーが取り組んでおった事案にあったのだ」

イシュタルの前の主が、現役外務大臣の園山郁三だというのは知っていたが、まさかこんなところで再び彼の名前が出てくるとは思っていなかった。

イシュタルの話によると、『ピースオブアース』のメンバーは穏健派と過激派に分裂。穏健派のリーダーが、G7で構成される国際テロ対策委員会が組織した実行メンバーとコンタクトを取っていたという。外務省も協力しており、前の主だった外務大臣の園山氏はかなり貢献していたようだ。

穏健派は、度重なる過激派によるテロ行為を認めることはできないと言い、本来の目的から逸脱し始めた自分たちの組織を解散させることで合意していた。声明を出し、話し合いでの解決を試みる方向で話は進んでいた。

けれども、イシュタルが聞いたのはそこまでだ。

「外務大臣が亡くなって、その話は頓挫したんですか？」

「わからぬ。だが、何か支障が出たのは確かだろうな。大きな組織だ。解散となればニュースになるが、そんな話は漏れ聞かぬ」

確かに、イシュタルの言う通りかもしれない。

その時、匡はふと旅行の間に遭遇したデモ活動を思い出した。

あの運動が活発になってきたのは、テロ未遂事件で子供がケガをしたからだと聞いた。デモがあった場所の一つは、資源開発をする企業に融資をしたりするエージェンシーの本社だった。日本でいうところの独立行政法人のようなものだろう。事件を起こした団体についての説明はなかったが、『ピースオブアース』のもともとの目的が環境保護を訴えるということから、あのテロ未遂事件を起こしたのが『ピースオブアース』だという可能性が高い。

つまり、過激派の動きが活発になっているということだ。

「イギリスのデモにも関係あるかもしれません。あの飛行機には政府要人が乗ってるんですけど、もしかしたらテロ対策のメンバーと関係があるのかも」

「そうだったか……。ヨッシーを死なせてしまった余にも責任はあるな。あの夜は、ハッスルさせすぎた。なんでも言え。余にできることは協力する」

「俺も匡とハッスルするためにも、いっちょがんばるか」

「はは……」

こんな時でも軽い下ネタは忘れない卑猥《ひわい》な存在に、乾いた笑いが漏れる。

「イシュタル。過激派のリーダーの顔ってわかるか？」

「ああ。写真で見たことはある」

「じゃあ、捜すのを手伝え。そいつを捕まえるぞ。あのランプの精の主は間違いなく過激派のリーダーだ。俺たちの仲間が妙なことに使われると、匡も悲しむからな」

「そうだな。今回はちんくしゃのために余も働いてやるか」

「俺も協力するのだ！」

地上に降り立つと、匡は身を隠しながら建物のほうへ近づいていった。

かなり大きな建物で、中がどうなっているのかわからない。出入口は鍵がかかっているが、キファーフが軽く指先を向けるとロックは解除された。監視カメラはサラマが植物で覆い、その機能を封じてしまう。

だが、監視されているのなら、植物が覆った時点ですぐに気づいて出てくるだろう。

「とりあえず奥に向かうぞ」

キファーフに続いて走っていると、前方から複数の足音が聞こえてきた。そして、武装した男たちが出てくる。マシンガンを構えた姿は、テレビや映画の中でしか見たことがなく、その銃口がこちらを向いているのを見て足が竦んだ。

「来たぞ！」

その声に我に返った匡は、即座にうずくまって身を縮こまらせた。ダダダダダダ……ッ、と連射音がする。

「無駄だ！」

キファーフが手をかざしただけで、弾は空中でピタリと止まり、足元にバラバラと落ちた。それを見た男たちは、何が起きたのかすぐにわからず、またマシンガンをぶっ放す。しかし、何度やっても同じことの繰り返しだ。

さらに武装した男たちが数人出てくるが、持っている武器が何一つ役に立たないとわかり、いったん退却する。

「キファーフ様、逃げました！」

「させるかよ」

サラマが言うが早いか、逃げる男たちの足元が弾けた。全員が派手に転ぶ。呻《うめ》き声。転がったまま、動かない者もいた。だが、起き上がって逃げた者が数人いる。

「安心しろ、匡。殺してねぇから。気ぃ失ってるだけだ。お前はそんなこと望んでねぇだろうが」

「キファーフさん……」

「人間は弱っちいからな。ちゃんと手加減してる」

頭をポンと軽く叩かれ、匡はキファーフを見た。顔にはサマラの薬草が巻かれていないため、ランプの精との戦闘で負った傷が見える。躰を張ってくれたことや、こういう状況でも匡の気持ちを一番に考えてくれるキファーフに、想いがますます強くなった。命令などせずとも、心を汲《く》み取ってくれる。

「どうした？」

「あ、いえ……。なんでもありません」

匡は、すぐに目を逸らした。

（馬鹿。今は、そんな場合じゃない）

余計なことを考えるなと気を取り直し、長く続く廊下の先をじっと睨む。

「行きましょう！」

キファーフを先頭に、次々と出てくる男たちを気絶させてはサラマの植物で拘束し、奥へ奥へと進んだ。中は迷路のようで、同じような風景ばかりだ。それでも、突き進む。

その時、奥の部屋から男の怒鳴り声が聞こえた。全員立ち止まり、耳を澄ます。

「逃げ帰ってきた奴らに誰かが怒鳴ってやがる」

「自分が死んでも殺してこいって言ってるのだ。酷い奴なのだ」

サラマが、両手の拳を握って怒りながら訴えた。足音を立てないよう声のほうに進むと、ある部屋の前に見張りが二人いる。

「中にいるのが、過激派のリーダーだろうな」

見張りが匡たちの存在に気づいた。途端に戦場のような連射音が響き、ドアが開いて中からまた数人出てくる。

またキファーフが手をかざして攻撃を阻止した。即座に、サラマの植物が男たちを拘束する。何度も繰り返しているからか、その連携はすでにプロレベルだ。

「しつけぇぞ！」

「これで全部かぁ？」

開いたままのドアから、まずキファーフが先に部屋に足を踏み入れた。

部屋はかなり広く、テーブルには銃器が並んでいる。かなりの数だった。手榴弾《しゅりゅうだん》のようなものもあり、過激派たちがこれからどんなテロ行為に走ろうとしているか考えるとゾッとする。ランプは見当たらない。

部屋の奥に男が一人いて、椅子に座ったまま匡たちを見ている。

あった。ランプは男の膝の上だ。

「あれだ。あそこにいるのが過激派のリーダーだ。余が写真で見たのと同じ男に間違いない」

男は、ゆっくりと立ち上がって落ち着いた様子で匡たちと対峙《たいじ》した。さすがにリーダーというだけあり、肝が据わっている。

「あんただろう？　ランプの精を使って飛行機を落とそうとしたのは。観念しろ。テロなんてくだらない真似はよせ。俺は強ぇぞ。もう一回あいつと闘ってもいいが、無駄だ」

男は、鼻で嗤った。言葉はわからないが、話し合いに応じるつもりはないらしい。

『俺が死んでも、俺たちのような組織を支援する人間はいるぞ。お前らが思ってるほど、世の中は単純じゃない』

「……っ！」

なぜか、男の言葉が理解できた。キファーフたちと一緒にいる影響だろうか。空耳だったのかと思うが、男はさらに言う。

『戦争も、金持ちどもが仕掛けてる。なくなりはしない。お前に阻止できるか？』

「と、止められるものだけでも止めます。見て見ぬふりなんてできません」

匡の言葉は、通じなかったようだ。キファーフが、同じことを繰り返す。

『じゃあ、止めてみせろ。無理だと思うがな』

その時、左手が微かに動いた。

ダダダダダ……ッ、と連射音がして、思わず目を閉じる。

撃たれた——一瞬そう思ったが、躰は無傷だ。痛みはない。見ると、男は左腕を押さえながらその場にうずくまっていた。苦痛に顔を歪《ゆが》め、床に倒れている。その手元には、マシンガンが落ちていた。

何が起きたのかすぐにわからず呆然としていたが、キファーフを見ると、人差し指を男に向けていたため状況が把握できた。どうやら、椅子の後ろにマシンガンを隠し持っていたらしい。ピンポイントで腕を狙って阻止したようだ。正確さは、さすがだ。

『——ぅ……っく！　貴様……』

「だから、観念しろっつっただろうが。とっととそのランプを渡して降伏しろ」言いながら、手を出して近づいていく。さすがに、もう抵抗はできないだろう。観念するしかない。

床に倒れていた男は、苦しげな表情でゆっくりと顔を上げた。近づいてくるキファーフを恨めしそうに睨んでいる。

その口許が微かに緩んだ。

「——危ない！」

匡は、考えるより先に叫んだ。耳をつんざくような爆音。衝撃。

「うう……っく」

匡は床に倒れており、その上からキファーフが覆い被さっている。パラパラと落ちてくるのは、コンクリートの欠片だろうか。顔を上げると、辺りの様子は一変していた。

部屋は破壊されており、天井の一部が崩れ落ちている。そこにあったテーブルも、その上にあった銃器類も、全部コンクリートの下敷きだ。周りは瓦礫《がれき》の山と化していて、粉塵《ふんじん》が漂っている。

「キファーフさ……、――キファーフさんっ！」

「……ってぇな。まともに喰らっちまった。油断したよ」

キファーフは、自分の上に乗っていた大きなコンクリート片を退《の》け、苦痛の声を漏らしながら身を起こした。キファーフが躰を張って護ってくれなければ、匡はあの下敷きになって死んでいただろう。

「うー、びっくりしたのです」

「とんでもない奴だな。敵を殺すために自分が死ぬなど、愚かだ」

サラマたちはキファーフが飛ばした絨毯に守られ、なんとか無事だったようだ。一度に三人を護るなんて、やはりすごい。あの爆発の中、三人はほぼ無傷でいられた。

「よかった。すみません。俺のせいで、キファーフさんが……」

「あほう。主を護るのが俺の役目だからいいんだよ。それに、匡のせいじゃなくて、匡のおかげだ。すっかり観念したと思ってたからな、匡があそこで叫ばなかったら間に合わなかった。みんな大ケガを負ってたところだよ。よくわかったな」

「一瞬、嗤ったのが見えたんです。すごく、怖い顔で嗤ったから……」

「やっぱり俺のハニーはさすがだな。普段は昼行灯のくせに、いざという時は頼りになる」

ケガなどなんでもないとばかりに笑い、キファーフは瓦礫を退かし始めた。いくつか大きなコンクリートの破片を片づけると、血まみれの手が見える。

過激派のリーダーは、絶命していた。

「死ぬこと、ないのに……」

「匡のせいじゃねぇよ。こいつは命を粗末にした。他人のも、自分のも……」

違う結果が得られる手立てはなかっただろうかと思うが、今さら考えても仕方のないことだ。テロを起こす人間を理解することなど、できない。

「お。こっちは無事だぞ」

キファーフが瓦礫の下からランプを見つけた。先ほどの爆風で粉塵まみれだが、傷ついたり溶けたりはしていない。これなら中にいるランプの精も無事だろうと安心し、それを拾う。

「主が死んだってことは、フリーになったってことだな。とりあえず出てきてもらえ」

「はい」

匡は、ランプを手で擦った。すると煙がもくもくと出てきて、中から先ほどのランプの精が姿を現す。キファーフと闘った傷は深いようで、辛そうにしていた。呼吸が荒く、今にも気を失ってしまいそうだった。

ランプの精は覚悟したような顔で、キファーフを睨んでいる。

「追いかけて、きたか……。どうにでもしろ。覚悟は、できている」

「別にあなたをどうこうしようというつもりはありません」

「だとよ。安心しろ。主の命令は絶対だからな、俺もあんたにゃ手は出さねぇよ」

その言葉に、ランプの精は怪訝《けげん》そうな顔をした。疑いの目で、匡たちを見ている。

「だが、俺は飛行機を落とそうとした。政府の人間の暗殺が目的だった」

「でも、それは主の命令でしょう?」

「ああ、そうだ。だが、同じことだ。命令に背かなかったのは、俺だ」

話していてわかったのは、真面目だということだ。それも、かなりだ。主の言うことを忠実に守ろうとして飛行機を落とそうとしたのなら、悪いランプの精とは言えない。

「俺は猪瀬匡と言います」

匡はまず、警戒心を解こうと名を名乗った。それから、キファーフを見て促す。

「俺はオヤジンナポッポレーノフェロモンダプンプンキンニクモムッキムキーダキファーフ様だ。ヌッカヌッカ科で、この小せぇのがチミチミーダオメメクリクリンノサラマ・ダッコチュッチュ。まだ幼生でな」

「余は、オマタパッカンナエロエロンヌチョットダケーヨアンタモスキーネイシュタル。シッポプー科だ」

全員の自己紹介が終わると、青年に注目した。この流れで名乗らないわけにはいかないと思ったのだろう。不審そうな顔をしながらも、名前を教えてくれる。

「……ダマリンナカモクックムクチーデシャベランダブキヨウデスカライウサール。タンタンボー科だ」

「あの……えっと……じゃあ、イウサールさんですね」

「俺と、契約をしたいのか？」

匡は首を横に振った。すると、意外だったのか無言のまま奇異の目を向けてくる。とてもやりにくい。

「契約はいいです。あ、でも契約なしでもランプからの出入りは協力しますから、心配しないでください」

「交換条件は？」

「え……、別に……ランプを擦るくらいなんでもないですから、条件はないです」

「望みは？」

「いえ、別に……」

沈黙が降りてきた。何か変なことを言っているのだろうかと思いたくなるような空気だ。

「もう俺にはキファーフさんがいますし、イウサールさんがテロリストに利用されるのを阻止したかっただけなんで……。イシュタルさんとサラマさんも契約してないけど、仲良くやってるんですよ。よかったらみんなで仲良くしましょう。条件じゃなくてお願いですけど」

「わかった。仲良く、だな」

「はい。それから、よかったら手当てさせてもらっていいですか？　すごい傷です。サラマさんはダッコチュッチュ科だから、薬草の調合とか上手なんですよ」

「任せろ。薬草を調合すれば効き目倍増だが、今はとりあえず応急処置だ」

サラマが植物の種をポシェットから出すと、それはすぐに芽吹いて包帯のように傷口に巻きついた。匡だけでなく、サラマもなんの見返りも要求しないことに驚いているのか、イウサールは黙ったままで、妙な空気になる。

だが、突然ポツリと零した。

「穏健派のリーダーが地下に捕まっている」

一瞬の間を置いて、匡は素《す》っ頓狂《とんきょう》な声をあげた。

「えぇぇぇぇーー……っ！」

「この下だ。見張りが三人」

「そそそそれは大変です。急ぎましょう！」

「余は、監視カメラを破壊しておく。証拠を残すとまずいからな」

「ああ、頼むぞ」

イウサールの案内で、地下へ続く階段へと向かった。そこは先ほどの爆発で崩れた壁で埋もれていたが、キファーフが全部取り除いて道を開ける。

見張りは当然のごとくキファーフとサラマのコンビで片づけ、穏健派リーダーの無事を確認した。しかし、爆発音を聞いた地元の住人から警察に通報があったようで、パトカーのサイレンが聞こえてきて、あとは警察に任せようと彼を置いたまま逃げるようにそこを後にした。サラマと二人でキファーフの絨毯に乗り、後の三人は空を飛ぶ。

飛行機に追いつくのは大変かと思ったが、意外にもすぐに見つけることができた。貨物室のドアに貼りついたサラマの植物が目印になっていたことに加え、飛行機がイギリスへと引き返してきたからだ。

危うくすれ違うところだったが、運よく飛んでくる飛行機に再び乗り込むことができた。

5

イギリスへ引き返した飛行機に乗っていた乗客は、一日の延泊を余儀なくされ、翌日の飛行機に振り分けられることとなった。引き返した理由は、イウサールの攻撃により一部機体が損傷していたためで、このままの飛行を断念してヒースロー空港に逆戻りということだった。破損の理由は、もちろん不明となっている。

乗客は全員サラマのおかげで眠っていて、ほとんど何も覚えていない。機長と副機長だけが客室の異変に気づいたようだが、誰も記憶にないのだからどうしようもない。空白の時間があることを知っていても、コックピットから一歩も出ていないため、真相は闇の中だ。匡が過激派リーダーの言葉が理解できたのも限定的だったようで、英語を聞き取る能力は元に戻っていた。

なぜあの時だけ理解できたのかも、闇の中――。

滞在が一日延びたこともあり、匡はもう一度『ヴィーナスアンドポッタリーズ』に行くことにした。訪れるのは二度目だが、この世界的に有名なメーカーがイシュタルの愛した人が作ったメーカーなのだと思うと、感慨深い。自分ですらそうなのだから、イシュタルはなおさらだろう。だから、どうしてももう一度訪れたかった。

「なぜ二度も行くのだ？　余はもう十分に見たぞ」

「いいからいいから。イウサールさんは初めてですし。あ、ケガが辛いようならランプの中で休んでていいですからね。遠慮なく言ってください」

無口なランプの精からの返事はないが、人間ではないからかサラマの薬草はかなり効いているようで、問題なさそうだ。

匡は、まだ真実を知らないイシュタルを無理やり連れて電車に乗った。キファーフとサラマにはこっそり伝えていたため、さりげなくこの計画に協力してくれている。

「どーせ中途半端に時間ができて暇なんだ。サラマも電車の旅は気に入ってるようだしな。のんびり電車に揺られたら、このダマリンナ野郎も少しは打ち解けるだろう」

「電車の中で食べるおやつは格別なのです。はい、イウサールもお菓子を食べるのだ。『カンガルーのマーチ』は美味しいぞ。中のチョコレートが新しくなったのだ」

サラマに菓子を手渡され、イウサールは無言で口に放り込む。表情に変化はないが、二つ目を手渡されて素直に食べるところを見ると、見た目に似合わず甘党なのかもしれない。

この二人は、いい友人になりそうな気がした。

「確かにキファーフの言う通りだな。どうせ暇だし、そんなに言うなら……まぁ、つき合ってやらぬでもない」

それからしばらく電車に揺られ、駅を降りて『ヴィーナスアンドポッタリーズ』へ向かって歩いた。看板が見えてくるが、今日は休日のため、見学者はもちろん職人たちの姿もなく、中は静まり返っている。門も閉じられたままで、敷地内を覗いても人影などない。

それを見たイシュタルは、呆れた顔をした。

「なんだ、休みではないかこの昼行灯」

「えっと……知ってました」

「知ってましただと⁉ ますます理解できぬ。せっかくここまで来たというのに、そちは本当にボケておるな。そろそろ隠居したらどうだ？ 老人ホームに叩き込んでやるぞ」

イシュタルの悪態も、今は心地好く聞こえた。なぜここに来たか知ったら、どんな顔をするだろうか。

「何をニヤついている？」

「実は、ある目的があってここに来たんです」

「ええい、焦《じ》れったい。早く言え」

「このメーカーの創業者の名前って、知ってますか？」

「余がそんなもの知るわけがないだろう」

「ヘンリー・マクレーンという人です。……ヘンリー・マクレーン」

噛み締めるように二度言うと、イシュタルの表情が一瞬にして変わった。信じられないといった顔で、匡を凝視している。いつも昼行灯と言われる匡だが、今はイシュタルがぽかんとしたまま動かない。

驚きと混乱。それは、次第にいとおしむようなものへと変わっていく。

「ここが……ヘンリーが残したものだと？」

「はい」

「ヘンリーが、護ったもの……？」

イシュタルは、ふらふらと吸い寄せられるように門扉に近寄るとそれを摑み、敷地の中にある職人たちの仕事場を覗き込んだ。

その心には、どんな思い出が蘇っているだろう。

「中ももう一度見られたらよかったんですけど……今日は定休日で」

「ま、俺たちなら来ようと思えばすぐに来られる。お前がサラマとイウサールを連れて小旅行でもしてくれりゃあ、邪魔者がいなくて俺は匡にイタズラし放題だからな」言って、キファーフは肩に腕を回してきて、耳許でいやらしく囁いた。

「ほら見ろ、匡。俺の巨大なトリリトンが驚異の硬さでそびえ立ってやがるぞ。俺と一緒にオーパーツの謎を解き明かさねぇか？」

「……ストーンヘンジですか。イギリスの世界遺産なんだから、あんまり変なことを言うとバチが当たりますよ」

キファーフの下ネタが暴走気味で脱力してしまうが、それすらも釘づけになったイシュタルの視線を『ヴィーナスアンドポッタリーズ』から逸らすことはできなかった。いつもならとっくに二人の間に割って入っているところだが、イシュタルの耳には二人の会話など入っていないらしい。

視線は——心は敷地の中。いや、そのもっと奥にある歴史へと向けられているのだ。このメーカーの原点、愛した人へと……。

「お～い、匡っ！」

その時、少し離れたところでサラマが両手をぶんぶんと振っているのが見えた。隣にはイウサールがいるが、もう一人中年女性が立っている。

「こっちだ、こっち！　中に入っていいそうだぞ！」

それは、この会社の関係者のようだった。四十半ばくらいだろうか。ふくよかな女性で、優しげな顔をしている。聞くと現社長の娘らしく、サラマが一所懸命中を覗いているのを見て、話しかけてきたというのだ。

「今日閉まってるのは知ってたけど、もう日本に帰らないといけないから外からでもいいから見に来たと言ったら、中に入れてくれるって」

「え、いいんですか？」

驚く匡に、彼女はにっこりと笑って促してくれた。裏口から中へ入れてもらい、建物の奥へと案内される。

「ここが……」

イシュタルは、感慨深そうに日頃職人たちが仕事をしている作業場を見渡した。前回来た時にはさほど興味はなさそうだったが、今は違う。彼の残したものを目に焼きつけておこうとばかりに、真剣に見ているのだ。

やはり、ここに来てよかったと思う。

「匡、特別なものがあるそうだぞ」

サラマに呼ばれ、匡たちはさらに建物の奥へと案内された。普段は解放されていないが、特別に何かを見せてくれるというので彼女についていく。

通された部屋にはテラコッタの鉢があり、シリーズの原点となる作品が並んでいた。定番のシリーズで、匡の会社でも取り扱っているものが多数ある。そのデザインを考えたポッターの写真も飾られていた。まさに、このメーカーの歴史が詰まっている。

ごゆっくり、という感じのことを言われ、彼女が部屋を出ていくと、匡たちは歩きながら中を見て回った。

そして、一番奥にあるガラスケースの中に飾られてあるものに気がつく。紹介文は英語だが、知っている単語だけ拾い読みすれば意味はわかった。

「イシュタルさん、見てください」

それは、創業者であるヘンリー・マクレーンの初期の作品だった。形はかなり不格好で、今出回っている高級メーカーの商品とは思えない。未熟だった創設者が最初に作ったものとして、大事に保管されている。これがこの世界的に有名なメーカーの始まりとして展示されているのは、どんなに有名になっても、どれほど大きな存在になっても、特別なものと評価されるようになっても、始まりは小さな一歩からだ——そう伝えたかったからなのかもしれない。

素人《しろうと》の匡でも、ひと目で未熟な人間の手で作られたものだとわかる鉢を眺めていると、イシュタルが腹を抱えて笑い出した。

「あっはっはっはっはっはっは！」

いきなりのことに、匡は驚いてイシュタルを見ていた。キファーフもサラマもイウサールですら驚いて注目する。全員の視線を集めていることなどお構いなしに、イシュタルはひとしきり肩を震わせた後、さも楽しげに言った。

「これは……っ、余が、作ったものだ」

「え……」

「余が作った鉢だと言ったのだ。教わったのだよ。余が退屈そうにしてたから、こっちに来て作ってみろと言われて……適当に捏ねて、見よう見真似でヘンリーが作った鉢と同じ形にしてみただけだ。これが……っ、まさか……っ」

そう言って、また笑い始める。

「あ……」

匡は、以前見た二人の過去を思い出した。イングリッシュガーデンを歩いている時に、白昼夢のような形で見たもの――。

きっと、あの時作ったものだろう。はっきり手元が見えなかったが、今考えるとあれは土を捏ね、鉢を作っていたのだと想像できる。文句を言いながらも、イシュタルは一所懸命作業をしていた。創業者が作ったものではないが、原点であるのは確かだ。

イシュタルが愛した、そしてイシュタルを愛した人。

引き裂かれてしまったが、想い合った二人の気持ちはこんな形で今も残っている。世界的に有名なメーカーとして、多くの人に愛されるものを作る場所として、生きている。

「やはり人間とは愚かなものだな。余が作ったものを大事にとってあるなど……」

まだ笑っているが、その目には涙が浮かんでいた。だが、辛い涙ではない。晴れ晴れした表情から、自分が権力により愛する者と引き裂かれたことに対する恨みはもう消えてしまったように見えた。

イシュタルの恋は成就しなかったが、残ったものがある。

世界的に有名なテラコッタ鉢のメーカーとして、世界中の人々に愛されるまでとなった。

二人が互いを想う愛情は、別の形の愛となって世界中に広まっている。

「お手柄じゃねぇか、匡」

「偶然ですよ。有名なメーカーだから、たまたま創業者の名前を知ってただけで。それより、サラマさんのおかげでここを見学できたんですから、お手柄なのはサラマさんですよ」

「謙虚だな」

「でも、よかったです」

イシュタルたちの愛の形を見たからか、匡は少し勇気が持てる気がした。

（俺もキファーフさんを好きな気持ちを大事にしよう）

匡は、自分にそう言い聞かせた。

いずれ自分が老い、この世を去る時が来る。自分の代わりに、誰かがキファーフの主になる時が必ず来る。一度は、キファーフを封印したらどうなるのだろうと思ったこともあったが、そんなことは絶対にしない。

どんなに辛くとも、寂しくとも、踏み越えてはならないものはあるのだ。自分の身勝手さで、封じ込めるわけにはいかない。

そして、この命が尽きてもなお、あの青年のように愛する者を見守り続けられる強さを持ちたいと思った。まだイシュタルのように晴れ晴れしい顔はできないかもしれないが、それでも時間をかけてそうなれるよう努力するしかない。そう、努力したい。

いつそんなふうになれるだろうと思いながら、決心する。

「どうした、匡」

「あ。いえ……。なんでもありません。そろそろ戻りましょうか。特別に開けてもらっただけだし、あんまり長居すると迷惑ですし」

匡たちは、わざわざここを開けてくれた女性に礼を言ってから『ヴィーナスアンドポッタリーズ』を後にした。それから急遽《きゅうきょ》用意してもらったホテルに戻り、翌日のフライトに備えて早めに夕飯を摂る。

慣れない海外旅行に加え、昼間はあんなこともあったからか、全員疲れてすぐに寝てしまった。特にイウサールはサラマが調合した薬のおかげで急速に回復しているため、そのぶん深い眠りに落ちるらしい。いったん寝ると、一日、二日は出てこないだろうと言われた。そして、サラマも活躍して消耗したのか、壺の中に入るとすぐに眠ってしまったようだ。こちらもしばらく起きてこないだろう。

匡はというと、一度ベッドに入ったもののまだ神経が高ぶっているのか、夜中に何度も目を覚ました。四度目で眠ることを諦め、そっとベッドを抜け出してコートを着て部屋を後にする。

いったんホテルの外に出てみたが、ロンドンの治安が比較的いいと言っても夜中は危険だと気づいてすぐに戻った。けれども、部屋に戻る気にはなれずに屋上に出られないかと思って行ってみる。すると、古いホテルだからか、ドアの鍵は内側から誰でも開けられるようになっていた。いいのだろうかと思いながらも、少しの間だけだと外に出てみる。

「わ、寒い」

雪が降り始めていて、静けさがより身に染みて感じた。街灯の光と、ハラハラと舞い落ちる雪。人気のない場所に音もなく降り積もっていくそれは、まるでキファーフを想って募る自分の心を覗いているようだった。

ハラハラ、ハラハラと、絶え間なく重なっていく想い。

(明日、飛行機飛ぶのかな……)

空を仰ぎ見て、落ちてくる雪を眺めながら冷たい空気の中に白い息を吐いた。背後でドアが開く音がし、従業員が気づいて注意しに来たのかと思ったが違った。

見なくてもその人が誰なのかわかり、切なくなる。

なぜ、こんな気持ちになるのだろう——匡は胸の奥がつかえたような感覚を味わいながら、ゆっくりと振り返ってその人物を瞳に映した。


「——匡」

匡は、その人が発する声を心で噛み締めた。名前を呼ばれただけで、胸がいっぱいになる。屋上の出入口に立っていたのは、ランプの中で寝ていたはずのキファーフだ。なぜ見る前にわかったのか考えるが、説明できない。

「キファーフさん」

「起きてたのか？」

「はい。ちょっと眠れなくって……。それ、寒くないんですか？」

マンションの部屋にいる時と同じ格好なのを見て、思わず聞いてしまう。

「平気だよ。見てるだけで寒くなりそうってんなら、なんか着るが」

「はは……。少し」

「じゃあ、こういうのはどうだ？」

バサッと布が翻る音がしたかと思うと、キファーフの衣装は早変わりした。まるでラクダに乗って砂漠を旅するアラビアの王子みたいだ。褐色の肌に生成りの布がよく似合う。

「お。惚れ直したな。こういうのが好きなのか」

「すごく似合ってますよ。傷はどうですか？」

「ああ。もうすっかりいいぞ。匡はどうだ？」

「俺もすっかりいいです。さすがサラマさんですよね」

こんなふうに外を眺めていたのを見たら、自分がした密かな決意を気取られそうな気がした。決して知られたくない気持ち。知ったら、負担になるだろう想い。

そうなってはいけないと、つとめて明るく振る舞おうと笑顔を見せた。

「よかったです。イウサールさんも順調に回復してるみたいだし。サラマさんも今回は随分活躍したから、ぐっすり寝てるみたいでしたよ。さっき、壺の中から可愛い鼾が聞こえてました」

「そうか」

隣に並ばれ、一緒に街の様子を眺める。

静かで、きれいだ。屋根や道路、植え込みなどにうっすらと雪が積もっている。薄いヴェールを纏《まと》っているようで、ずっと見ていたい光景だった。

「何考えてる？」

「何って……飛行機が引き返してきてよかったってことですかね。イシュタルさんが本当に好きな人が護ったものだったから、あんなふうに見ることができてよかったです」

「あいつから聞いたよ。俺が闘ってる時に現れたんだろう？」

「はい。あれは……なんだったんでしょうか。想いが時を超えて形になったのかな」

「さぁな。どちらにしろ、ちゃんと想いを伝え合ったんだ。それでいいじゃねぇか」

「そうですね」

上空で見た光景を思い出し、心からよかったと思った。死が二人に別れをもたらしても、心は繋がっている。それは、そんなふうにありたいと願う匡にとって、手本のようなものだった。ヘンリー・マクレーンの愛は、匡が目指す自分の姿と重なる。

「お前は、他人のことばかりだな」

「え……」

「優しいのはいい。俺は匡のそんなところが好きだからな」

はっきりと口にされ、照れ臭かった。特別自分が優しいなどと思ったことはなく、どう返していいかわからず、口籠もる。

二人は、しばらく無言で街並みを眺めていた。言葉を交わさずとも、限りある自分の人生を思うと、こうして二人でいられる時間がとても貴重に思えた。そして、強い気持ちが湧き上がってくる。

もっと、ずっとこうしていたい。キファーフと、ずっとこうしていたい。

こんな気持ちを、いったい何度抱いただろうか。

「なぁ、匡」

「はい」

「そろそろ俺に話してくれてもいいんじゃねぇか？」

「え……？」

「ずっと悩んでただろうが。何を不安がってる？」

匡は、顔を上げた。見下ろされ、いつもと違う視線に心臓が跳ねる。思わずゴクリと唾を飲み込んだ。こんな思慮深い瞳に見つめられたら、息ができなくなる。

「ずっとだろうが。イギリスに来る前から、ずっとおかしかったぞ。イシュタルが来てからだったよな。どうだ？　違うか？」

匡は、何も言えなかった。

もう気持ちに折り合いをつけた。決めたのだ。キファーフの心に残るような主になるのだと。これから主を何人持っても、その中で一番心に残るような人であろうと決心した。

キファーフの中で誰よりも愛した主として、記憶に留めてもらおうと……。

イシュタルたちのいつまでも消えぬ愛が、匡をそんな気持ちにさせた。あんな形で引き裂かれても、想い続けることはできる。自分勝手なことを言ってしまえばこの気持ちすら穢《けが》れてしまいそうで、口にできない。

「いえ……別に……」

「なぁ～んだよ。言ってみろ。言わねぇと、イタズラするぞ」

いつものふざけた口調に戻ったせいか、キファーフらしさをより感じた。聞き慣れた言い方が、それまでギリギリ保っていたものをいとも簡単に崩す。

途端に、気持ちが溢れた。

好きだ。

キファーフが、大好きだ。愛している。

気持ちが不安定になるのは、我慢していたからだろうか。心の整理をつけたはずだった。まだ晴れ晴れしい顔でその事実を受け止められはしなくても、それでも、なんとか前向きに捉えることができたと思っていた。

だが、蓋を開けてみると、ちっとも変わっていない。

「本当になんでも……」

「言ってみろ」

「何を……ですか？」

「全部だよ、匡。全部、ちゃんと俺にお前の心の中を見せろ。でねぇと、俺はお前を安心させられねぇよ」

その言葉を聞いて、目頭が熱くなる。

どうしてキファーフの言葉は、こんなにも包容力があるのか。そんなふうに問いつめられたら、言ってしまう。口にしてはいけない我儘をぶつけてしまう。

駄目だ。

口にしたら、駄目だ。

匡は自分が決めたことを守ろうと、必死で抗《あらが》っていた。全部白状して自分の気持ちをぶつけ、願っても無駄な願いを明らかにしたところで、なんになるというのだろう。

だが、すでに揺らいでいる。キファーフを残してこの世を去る辛さなど、口にしてはいけないとわかっていながらも、吐き出してしまいたくなる。

「いいんだよ、言って。ほら、言いやがれ」

鼻をつままれ、左右に揺さぶられた。

こんなふうにされる時、キファーフの愛情を感じる。これまで、何度も同じことをされてきた。そのたびにキファーフは笑い、匡も心が温かくなった。猪瀬匡として出会ってから、何度も繰り返してきたやりとりだ。

「い、痛い、です……」

匡は鼻をつままれたまま、涙目でそう訴えた。口はへの字になり、鼻が出てくる。鼻が痛くて泣いているのではないと、わかっているはずだ。

「う……っく、……いだい……です……」

「こういう時は頑固だな。もう隠せねぇってわかってんだろうが。そんな泣きべそかいて、なんにもねぇわけねぇだろう。ほら、吐け」

「い、嫌です」

「お。強情だな。パンツ下ろされてぇか」

「嫌です……っ」

「しまいにはキスすっぞ」

「うう……っ」

下ネタを口にするのと同じ言い方で言われ、もう駄目だと限界を感じた。もう気持ちを隠せない。堪え切れない。

「イシュタルさんが……、……ふ……っく」

匡は、とうとう観念して白状することにした。すると、きつく鼻をつまんでいた手がすっと離れていく。鼻が赤いのも、涙ぐんでいるのも、痛みのせいではない。

匡は、袖口で乱暴に涙を拭った。

「イシュタルさんが来てから、ずっと……気にしてたことがあったんです。イシュタルさんが、いろんな主を渡り歩いてきたって聞いた時、キファーフさんもそうなんだって思って……俺の前世よりもっと前には、別の人が主だったんだなって考えたら……」

順を追って説明することなど、できなかった。ただ、思い浮かんだことを口にしていくだけだ。こんなふうでは伝わらないと思うが、キファーフは黙って聞いている。

「だから……、俺もいずれ……キファーフさんを置いて、死ぬんだなって……」

キファーフは、何も言わなかった。

やはり、困っているのだ。そう思うと、感情に任せて己の決めたことを曲げた弱さが嫌になった。なぜ、強くあれないのか。なぜ、イシュタルのようになれないのか。

こんな自分が、心底嫌になる。

「すみません、こんな……、……こんなこと……」

「どうして謝るんだ？」

匡は、首を横に振った。そんなことを聞かれても、上手く言葉にならない。ただ、自分が理想として描いた自分と現実とではこんなにも違う——そう感じるほどに、悲しくなるのだ。

こんな自分をさらけ出さなければいけないことが、悲しい。

自己嫌悪とともに匡の心を満たすのは、キファーフへの募る想いだ。

好きだ。

どうしようもないほど、好きだ。

だから、こんな自分でも嫌いにならないで欲しい。

「俺を置いていくのが、怖いのか？」

匡は、返事に迷った。怖いのとは、少し違う気がする。

「自分が死んだ後、俺に新しい主ができるのが、嫌なのか？」

そうだ。それだ。それが、今の気持ちに一番近い。

「すみません……、俺は、自分勝手で……貪欲で我儘で……っ、すみま、せ……っ」

言葉を詰まらせながら、何度も謝った。そうせずにはいられなかった。だが、キファーフは大したことじゃないとばかりにサラリと言う。

「そんなに嫌なら、俺を封印していいぞ」

その言葉に、匡は目を見開いた。そして、すぐに俯いてしまう。

恥ずかしかった。自分のために、キファーフにここまで言わせてしまったことが、とても恥ずかしくてならなかった。こんな約束をさせるつもりではなかった。

「そんなこと、できませ……っ」

「本気だぞ。匡がそんなに辛いんなら、俺を封印してもいい」

「そんなこと……できるわけないじゃないですか……っ」

一度は封印したが、あれはキファーフの命を護るためだ。ああしなければ、魔力を封じられたキファーフは死んでいた。だから、追いつめられてやった。

エゴのために行っていいことではない。

「いいんです。変なこと言って……すみません。ちょっと感傷的に……なった、だけですから、本気でそんなことしたいだなんて……思ってませ……」

「なんで謝るんだ？　匡は俺の主だぞ。どんな使い方をしてもいいんだ。匡が、俺を封印したいなら、封印してくれて構わねぇよ。死ぬわけじゃねぇしな。またお前がこの世に生まれ変わってくるまで、ランプの中で待っててやる」

「キファーフさん……」

思いもしなかった言葉に、匡はすぐに言葉が出なかった。

「お前が生まれ変わってくるまで、ちゃんと待っててやるよ」

確かめるようにもう一度言われ、本気さが、そして覚悟が伝わってきた。慰めの言葉ではないとわかる。

けれども、また生まれ変わってくるとは、限らない。事実、イシュタルたちはあれほど想い合っているのに、ヘンリー・マクレーンが再びこの世に生を受けて再会することはなかった。これから先はわからないが、少なくともこれまではそうだ。ああいう形で、やっと巡り会えた。もうすでに一度生まれ変わって再会しているというのに、同じことが自分たちの間に起きる可能性なんて、いったいどれだけあるのだろうと思う。

「でも、いつになるかわかりません……っ」

「そうだな」

「また生まれ変われるか、わかりません……」

「ああ。その通りだ」

「もし、……もし生まれ変わってこなかったら、キファーフさんは永遠にランプの中です」

罪深さと同時に、封印されたキファーフのランプを想像し、どこか安心する自分がいることに気づいた。誰のものにもならない。自分だけのランプ。

それがまた匡の罪の意識を刺激し、涙腺《るいせん》が緩くなる。

「すみません……、……ふ……っ、……く、……ごめんな、さ……っ」

「信じて待ってるよ。何千年でも何万年でも何億年でも、匡。お前が生まれ変わってくるのを待っててやるから、心配するな。それに、封印なんかされなくても、俺はもう他の誰のもんにもなる気はねぇんだ」

封印なんかされなくても——その言葉が、どれほど匡の心に響いたか。

途端に、また涙が滝のように流れてしまう。

「俺が……先に年を取っても、そう言ってくれますか？　おじいちゃんになっても……」

「今もジジィみてぇなもんだろうが、この昼行灯。俺の愛をみくびんなよ」

「キファーフさ……っ、ぅう……っく」

「ひでぇ顔だな。そこまで豪快に泣く男なんて初めて見たぞ」

腕を摑まれ、強く抱き寄せられた。

「ったく、可愛いんだよ、お前は」

笑っていた声が不意に真面目になり、匡を抱き締める腕に力が籠められる。いとおしむように頭にキスされ、頰を寄せられた。深い愛を感じる抱擁だ。

そして、くぐもった声で告白される。

「愛してるんだよ。匡以外の主なんて考えられねぇくらい、愛してるんだ。悪ぃか」

注がれる言葉が、細胞一つ一つに染み込んでいく。そして、心の奥底にも……。

匡は、キファーフの背中に腕を回して抱き締め返した。

好きで、好きで、心が痛くなるくらい好きで。

密かに心に決めていたキファーフの決意に、匡も誓わずにはいられなかった。

「俺も……約束します。何度死んでも、キファーフさんに会うために、必ず生まれ変わってきます」

「ああ。待ってるぞ」

頭をかき抱くように腕の中に抱き込まれ、逞しい躰に身をあずける。

韓紅《からくれない》の太陽が昇っては沈み、昇っては沈み、数え切れないほどの季節が過ぎて地球の姿が大きく変わったとしても、またキファーフに会いに来る。何度命が尽きて肉体が滅びようが、必ず生まれ変わって、またキファーフに会いに来る。

だから、待っていて欲しい――。

匡は言葉だけでなく、心の中でも訴えた。実現できるかなんて誰にもわからないが、気持ちだけは確かだ。

それは、何よりも固い決意だった。

キファーフの熱い手が、ようやく泣きやんだ匡の顔を包んだ。酷い顔だと言われたばかり

だが、見つめてくるその視線は情熱的だ。

「匡……」

「キファーフさ、――ん……、……ぅん……っ」

唇を重ねられ、素直に応じた。微かに開いた唇の間から忍び込んできたキファーフの舌は、口内を探るように這《は》い、そして次第に大胆になっていく。

匡も自分の想いに突き上げられ、積極的に応じた。

「……んぁ……あ……、ぅん……、んっ、……ぁ……ふ」

目眩を覚えるほど激しく貪られ、立っていられなくなった。次第に膝から力が抜けていき、ふらついてしまう。腰を支えられていなければ、座り込んでいただろう。

唇はいったん離れ、今度は耳のすぐ下をついばまれて甘い声を小さくあげた。

「……ッあ、……ここは……、……駄目です……」

「欲しいんだよ。今すぐ、欲しい。あんなこと言われて、素直に部屋に戻れるか」

「でも……っ」

「ここは躰でも愛を確かめ合うところだろう？　匡は俺が欲しくねぇのか？　俺を思って尻を疼かせたことくらいあんだろ」

卑猥な言い方をされ、匡は躰が熱くなるのを感じた。煽られている。熱は頬に浮かび、耳まで広がっていった。それはキファーフにもわかっているだろう。

「色づいてきやがった。耳たぶが可愛いな。俺を誘ってやがる」

「ぁ……っ」

耳朶を唇で軽く挟まれ、背筋がぞくりとした。快感に打ち震える肌は、幾度となく触れ合った褐色の肌を求めている。自制しようとしても匡の理性などいとも簡単に無視して、貪欲な一面をさらけ出すのだ。

「大丈夫だよ。誰も来やしねぇから」

「でも……」

「日本に帰るまで、我慢できねぇよ。ほら、ここなら寒くねぇだろ」

絨毯が目の前に現れ、その上に押し倒された。すぐに躰を反転させられ、コートをはぎ取られて背中からのしかかられる。尻に当たるのは、キファーフの屹立だ。

その行為に誘うように、やんわりと押しつけられて欲情を煽られる。さらにメガネを奪われて、視界がぼやけた。絨毯の上についた自分の手に視線を移すと、キファーフの手が重ねられるのが見える。

頑丈そうな骨。指の関節までもが男臭い色香を醸し出している。表情のある手だ。

自分の頼りない指の間にキファーフの太くて長い指が滑り込むように差し入れられ、指と指を絡められるのをじっと見ていた。その様子は、匡の目には美しく、同時にとても色っぽく映った。肌の色の違いも、それをより強く感じさせられる。

「もう誰からも見えねぇよ」

「ッあ……、……あぁ……」

うなじに唇を這わされ、匡は快感に震えながらされるがまま身を任せた。パジャマのボタンは次々と外されていき、肩を剝き出しにされる。

「俺が好きか？」

「は……い、……好き、です……、——あッッ」

肩口に軽く歯を立てられ、不意に与えられた刺激に躰が大きく跳ねた。恥ずかしいほど顕著に反応してしまい、ますます状況は悪化していく。

「痛くされるのも、好きか？」

好き。

痛いのも、好き。

言葉にできなかったが、匡の心に浮かんだのはそんなはしたない言葉だ。痛みと快感が似ているとを教えてくれたのは、キファーフに他ならない。

「さすがにこれは言えねぇか。そんなところも、そそるよ」

「——は……っ」

歯と舌と唇で肩を愛撫され、それは背中へと下りていく。軽く押し当てるだけのバードキスを背中に浴びていると、匡の息は次第に上がっていった。敏感になった肌は、柔らかい唇が触れただけで、ビクンと反応する。

「ッ……、……は……ッ、……ぁ……、……っ！　……んっ」

声を出すまいとしても、次々と溢れる本音は止めようがなかった。パジャマのボタンはいつの間にか全部外されており、片方の袖が辛うじて絡まっているだけで背中はほぼ剝き出しにされていた。さらに、ズボンも膝の辺りまで下ろされる。

「ぁ……っ、……待って……、くださ……、……待……っ」

「これ以上は待てねぇよ」

尻に押しつけられた屹立に、匡の中の男も刺激されていた。さらにグィ、と押しつけられてその硬さを味わわされる。下着の上からでも十分にその硬さを実感できる。

邪魔だとばかりに完全にズボンをはぎ取られ、下着一枚になった匡はすっかり忘れていたことを思い出して、どうしようもなく羞恥に身を焦がした。

「あ……」

予定より一日長くイギリスに滞在することになったため、下着がなくて急遽スーパーで購入したのだ。外国のサイズは大きいため、子供用のものしかなかった。

白いパンツは少し大きめで、布地も厚いため、おむつのようにも見える。

「あの……」

放り出されたパジャマを摑んで隠そうとするが、キファーフはそれを許さない。取り合いのようになってしまい、笑いながら奪われてその視線に晒される。砂漠を旅する王子のような衣装のキファーフに比べ、自分が情けない格好になっているのがいたたまれない。

「なんだ。恥ずかしいのか？」

「……っ、見ないで……くださ……、……あ」

「似合ってるぞ」

「似合ってません……っ」

「似合ってる。嘘じゃねぇよ。興奮する」

「そんなはず……ありません」

振り返り、涙目で訴えるとキファーフが熱い視線を注いでくるのがわかった。

「本当だ。俺ぁガキには全然興味ねぇんだがな。匡がガキのパンツ穿いてんのは、興奮する。ほら見ろ。匡を欲しがって先っぽが濡れてんだろうが」

「と、取り出さなくて……いいです……っ」

目を逸らしたのは、それを見せつけられたらどうしようもなく欲しくなるからだ。十分に育ったものを握りながら迫ってくるキファーフに、何度理性を砕かれただろうか。牡の象徴を見せつけられて発情するなんて、どうかしている。

「なんだ。見てくんねぇのか。つれねぇな」

そう言いながら、キファーフは厚みを確かめるようにパンツの生地を指でつまんだ。

パンツを少しずらし、尻を剝き出しにされる。パンツは足のつけ根のところで引っかかったままになっていて、完全に剝ぎ取られるより恥ずかしい様子になっていた。

「あ、あ、あ……っ」

逃げようとしたが、すぐに腰を摑まれて引き戻される。

キファーフが、ジェルのようなものを取り出したのがわかった。ふわりと甘い香りが鼻を掠めたかと思うと、指がじわりと蕾をかき分け、ゆっくりと中に入ってくる。何度抱き合っても、行為の始まりはいつもこんなだ。完全に慣れていない躰は無意識に身構え、異物の侵入を拒もうとする。

「はぅ……っ、……っふ」

「匡、嬉しかったぞ。俺に会うために、何度でも生まれ変わってくるって約束、俺は嬉しかった」

「キファーフさ……」

「匡みたいなぼんやりしたのがあんな決意を口にするなんて、たまんねぇよ」

「——んあぁ……」

指が、じわりと蕾を押し開く。

「俺がどんだけ嬉しいか、教えてやる。奉仕して……俺の気持ちを見せてやる」

「ぁあ……っく、……ふ……、……ぅ……っく」

キファーフの言葉は、次第に聞こえなくなっていった。後ろを指で探られ、そちらに集中してしまう。それがわかったらしく、無言になるとより丹念に匡の中をかき回し始めた。反応を見られながら愉悦を与えられるのは、なんとも言えない恥ずかしさがある。

それでも、貪らずにはいられなかった。

「ぁ……、……はぁ……ぁ……あ、……ぁあ……ぁ……っ」

躰はキファーフの奉仕にすぐに応じるようになり、そして、味わってしまう。

「ぁ……あ……ぅう……ん……っ」

奥を指先で刺激され、これまで以上にはしたない声を漏らしてしまっていた。鼻にかかったそれは自分のものとは思えないほど、甘ったるい。震える唇の間から次々と溢れ、取り繕うことすらできなくなる。

最後の一枚——下着を完全にはぎ取られ、それが絨毯の上に放り出されるのをぼんやりと見ていた。自分が穿いていた子供用のパンツ。

「じっくり慣らしてやるから、心配するな」

指が、ゆっくりと中に侵入してきては、出て行く。その太さに慣れてくると、二本に増やされて中をかき回された。その動きに促されるように、唇の間から漏れる吐息は、より官能的なものへと変貌していく。

「ぁ……あ……、……ぅ……っく、……んぁ……あ……、ぁ……あ……ぅん、あ！」

始めはゆっくりだった抽挿は、次第に容赦なくなっていった。まだ指だけだが、匡を狂わすのに十分だった。吸いつくように味わってしまう。

猫が背伸びをするように、腰を反らせて尻を高々と上げてそれを味わわずにはいられない。それは、キファーフに侵入をせがんでいるのと同じだ。

「あ、や……、待……っ、……ぁあ……ぅん……っ」

「こんな小せぇ尻が、俺を根元まで咥《くわ》え込むんだからな」

キファーフはほとんど脱がないまま、中心を取り出して匡の蕾にあてがった。

先端をねじ込まれたかと思うと、一気に奥まで挿入される。

「ぁ……ん、……ぅん、……ぁ……あ、……っく、――ぁぁぁあああ……ッ！」

熱い吐息は、白い息となって空気を染めた。尻をきつく掴まれ、深々と収められた状態のまま、しばらく繋がった実感に心を浸らせた。

（あ……、キファーフ、さ……）

頭の中は真っ白で、まるで降りしきる雪が自分の中にも積もったようだった。ぼんやりとした視界の中に、チラチラと舞い降りる雪を見る。

（好きです、……キファーフさ……、……好き、で……す……）

言葉で伝えるためではなく、雪に促されるように心の中で自分の想いを告白した。

「いつ抱いても、匡は初めてみてぇに締めつけてくるな」

「言わないで……くだ、さ……、言わな……で……」

出ていかれ、またゆっくりと収められる。自分の中をいっぱいにされる快感に打ち震えながら、己の中に棲《す》み着いた欲深い獣を叩き起こされる。

「なぁ、匡、何度でも……生まれ変わってきてくれるんだよな」

確認するように聞いてくるのは、よほど匡の固い誓いが嬉しかったのだろう。

「……っ、……はい、そ……です」

「何度でも……何度でも……、俺を……思い出して……、……くれるんだろう?」

「ぁ……、……はい……、は……っ、ぁあ……、思い、だし……、ま……ぁ……っ」

「……俺のこと忘れてやがったら……、……またこうして……、思い出させてやる」

「ぁあ……、ぅん……っ、……キファーフさ……、ぁ……あ……ッ」

「こうやって、何度も……、何度でも、思い出させてやるよ」

何度も。

何度でも……。

その言葉は、永遠の愛を誓う言葉であるとともに、尽きぬ欲望を意識させるものでもあった。

何度も何度も自分を出入りするキファーフの屹立。そして、何度も繰り返される行為。

「感じたか?」

顎に手をかけられ、促されるままキファーフを振り返って情熱的な視線に視線で応えた。生成りの衣装が、すごく似合っている。その姿を目に映しただけで、躰の芯がジンと熱くなった。

「ぅん……、んぁ、……あぅう……ん、……ふ」

無理な体勢で後ろからやんわりと突かれ、脚を開いてより深く届くように己の身を差し出す。卑猥な腰つきで自分を突くキファーフに、積極的に応じた。

(あ、嘘……、嘘……っ)

キファーフの屹立が自分の中を出入りするのを深く味わわずにはいられない己の罪深さに羞恥しながらも、悦びに震えた。

「いいぞ、匡。後ろがキュンキュン締めつけてきやがる」

「や……、あッ、あッ、あッ、——ァあッ!」

恥ずかしい格好のまま、煽るようにやんわりと突き上げられる。

「何度も、こうされてぇか?」

「……ぁあ……っ、はい……、……ッ……ふ、……っく」

「何度も、こうしてやる」

「……ぁあっ、……ッく、……して……、いっぱい……して……」

「達きてぇだろう?」

「ぁ、あっ、……はぅ……っ、……達きた……っ、……ぁ……っく、達きた……」

何度も懇願したからか、キファーフの腰つきが変わった。その動きがリズミカルになると激しく躰を揺さぶられ、迫り上がってくるものに身を委ねるしかなかった。

もう、堪え切れない。

「ぁ……、駄目……だめ……、……ダメ……ッ、ァアッ、ア、――ァア――……ッ！」

「――っく！」

白濁を放つとともに、中で熱いほとばしりを感じた。痙攣《けいれん》しながら中を濡らすキファーフのそれは、なお雄々しく匡の奥を内側から圧迫する。

脱力し、身を放り出すが、まだ終わるつもりはないらしい……。

「一度ぶっ放したくらいじゃ……、足りねぇよ」

「はぁ……、ぁ……、待……っ」

一度出ていかれ、今度は仰向けにされて再び挿入された。すっかりほぐれたそこは、いとも簡単に根元まで受け入れ、まだ十分に硬度を保っているものを柔らかく包み込み、吸いつくように尻が痙攣する。

「……あ」

「言っただろうが。何度もしてやるって。お前のここも、まだ足りねぇって言ってる」

「や……っ、……ぁ……あ」

絨毯の上に放り出された白いパンツが、視界の隅に映った。キファーフが匡の視線に気づき、それを一瞥《いちべつ》して笑う。自分を見下ろすそのイタズラな視線に欲情を煽られ、再び始まる抽挿にも肉体は応じた。

「ぁあ……ぁ……あ……っ！」

小刻みに呼吸をしながら、自分の中のキファーフがより熱くなるのを感じた。もう十分にほぐれ、柔らかく包んでいるが、奥を突かれると無意識に後ろがキュンと閉まる。そんな反応をしてみせる己の躰が、とてつもなくはしたなく思えるが、今は何より愛した男をもっと感じたいという気持ちが勝った。

「キファーフさ、……そこ……、……っ、そこ……っ」

「匡……、ここか？」

「そこ……っ、……そこ……ッ」

互いの躰を抱き締め、欲望のままに求め合う。

うっすらと空が見えた。舞い落ちてくる雪も……。

それを目に焼きつけながら、匡はいつまでもいつまでも愛する男の名を口にした。

雪はやみ、無事飛行機は日本へと飛び立った。

予定より一日遅れで日本に帰り着いた匡たちは、空港からマンションに向かった。機内で食事は摂ったが、ランプと壺の中で寝ていたキファーフたちのために一度荷物を置いてからコンビニエンスストアに買い出しに出かける。

歩き慣れた道。通い慣れた店。自分たちを取り巻く日常に、十二時間ほど前は違う国にいたことが信じられなかった。今回の旅はいろいろあったからか、夢でも見ていたような気さえする。時差ボケもあるのかと思ったが、もともと昼行灯と言われる匡だ。本当にそうなのかは、怪しいところだ。

おでんと肉まんを両手に提げてマンションまで戻った匡は、起きてこないサラマとイウサールのぶんにも手を出す食欲旺盛なキファーフに釣られておでんの大根を貰い、肉まんを半分こした。イシュタルもいつもよりいい食べっぷりだ。

そしてその日は、風呂に入ってからすぐに布団に潜り込む。イウサールという同居人も新たに迎えたため、匡以外は全員ランプや壺の中で寝ることになった。

ちゃぶ台の上に、ランプ三つと壺一つ。

増えたなぁ、なんて思いながら、降りてきた睡魔に身を任せる。

やはり、自分のマンションの部屋だとよく眠れた。翌朝は、目覚ましが鳴るより少し早く目が覚めたが、ぐっすり寝たおかげか疲れはほとんど残っておらず、すっきりと朝を迎えられた。疲れはあまりない。

「お～い、匡。朝ご飯ができたぞ～」

サラマに呼ばれ、イギリスで買ってきた会社の同僚たちへの土産を紙袋に詰めて出勤する準備をしていた匡は、顔を上げた。先ほどからみそ汁と炊きたてのご飯のいい匂いがしている。そろそろそちらの準備をやらねばと思ったが、イウサールがサラマの子分のようにご飯を盛った茶碗をちゃぶ台に並べていた。

「わ、すみません。全部やってもらって」

「いい。俺は居候だ。このくらいは、当然だ」

それだけ言い、黙々と準備を続ける。本当に真面目なランプの精だ。いつも下ネタばかり口にするキファーフとはタイプが全然違う。

「腹減ったなぁ。お。今日も旨そうだな」

「はい。キファーフ様。そろそろ飯粒が食べたくなると思って、今日は朝からご飯を炊きました。日本食は美味しいのです」

全員手を合わせ、声を合わせて「いただきます」と言って朝ご飯を食べ始めた。

「余は茶漬けがいい。何かあるか？」

「あ。流しの下の棚に永山園《ながやまえん》の鮭《さけ》茶漬けがありますよ。賞味期限大丈夫かな」

「多少オーバーしてても構わぬ。湯を沸かしてこよう」

イシュタルはそう言って立ち上がると、ヤカンで湯を沸かし、棚の中を漁《あさ》った。それを見つけると、急須を手に戻ってくる。緑茶のいい匂いがした。

「そう言えば、あの後どうなったんですかね」

「ああ。あの爆発か?」

テレビをつけると、ちょうど朝のニュース番組をやっていた。天気予報をやっているところで、若いアイドルが今日は一日晴れだと、ぎこちない態度で慣れない原稿を読んでいる。チャンネルを替え、イギリスでの爆発事故の話題を取り扱っている番組を探す。すぐに見つかった。

「あ。やってるぞ」

全員が、テレビに注目する。

『今回の爆破事件では、環境保護団体『ピースオブアース』の過激派メンバーが関わっているとみて、イギリス当局は捜査を進めています。また、人質として拉致されていた穏健派のリーダー、アーネスト・ジェイコブズ氏の身柄を保護……』

どうやら、あれからすぐに穏健派のリーダーは安全な場所に移されたようだ。リーダーが保護されたことで、身の危険を察知して隠れていた他の穏健派も、ようやく安全を担保された。

　また、あの日同じ飛行機に乗っていた政府要人は、国際テロ対策委員会の重要メンバーだったことがわかった。外務大臣の園山郁三が急逝したことにより、穏健派のリーダーとの話し合いがいったん中断。園山氏が直接の窓口ではなかったものの、外務大臣の急逝は大きな影響を与えた。そうこうしている間に、穏健派リーダーは過激派に捕まって拘束されてしまったのだという。

　交渉や救出のため、国際テロ対策委員会のメンバーが集まる予定だったらしく、その任務を負った重要な人物の一人があの飛行機に乗って日本入りし、新しい外務大臣と事前の調整を行う予定だった。それを阻止するために、イウサールを使ったのだろう。

　さらに、過激派が立てていた計画も明らかにされた。

　行きすぎた資本主義に対し警鐘を鳴らすため、鉄道やシェールガス採掘現場などを狙う計画が進んでいたと報道されている。しかも、大規模ダムに対する攻撃の計画もあったようだ。もし、実行されていたら、世界中で混乱が起きただろう。便乗した暴動や略奪も起きていたかもしれない。

　本来の目的を大きく逸脱した破壊集団になっていたと言っていい。

「とんでもない奴らだ。もし、それが実行されていたら、大変なことになっていたな」

「よかったですね」

「人間がどうなろうが、余の感知するところではないがな」

イシュタルが、賞味期限が怪しい茶漬けをズズズズ……、と勢いよくかき込んだ。その横でキファーフがみそ汁を啜り、山盛りのご飯を口に放り込んでいる。サラマはだし巻き卵を箸で割りながら、イウサールに箸の使い方を教えていた。

日本に来るのは初めてだというイウサールの箸使いは、とてもぎこちない。

『ピースオブアースは解散となり、国際テロ対策委員会と和解に向けて協議が行われる予定です。また、リーダーのアーネスト・ジェイコブズ氏は……』

テレビの画面には、五十前後の男性と地下に拘束されていた青年が握手を交わしているところが映し出された。二人が互いの手をしっかり握ると、カメラのフラッシュが光る。

世界を騒がせていた環境保護団体は、その姿を本来あるべきものへと戻されるのだ。

朝ご飯の風景はとても平和で、遠い国で起きた出来事に自分たちが関わっていたなんていまだに信じられなかった。

目の前には、みそ汁とご飯。サラマが育てたオクラの茹でたのとだし巻き卵と海苔《のり》。日本の朝ご飯が並んでいる。

「また匡が世界を救っちまったな」

「そんな、救うだなんて大袈裟《おおげさ》です。キファーフさんたちの力があったから、解決できたんですよ。俺なんか護られるばかりで」

「そういう謙虚なところがなぁ、グッと股間にくるんだよ。そんなお前に俺のイボイノシシが猪突猛進《ちょとつもうしん》だ」

また意味不明になっている下ネタに、匡は思わずツッコミを入れた。

「何が猪突猛進ですか。単にイボって言いたかっただけでしょ。それに、イボイノシシって草食で結構小柄なんですよ。……あ。俺はもう仕事に出かけないと」

いつまでもゆっくりしていると、遅刻してしまう。

残りのご飯を食べてしまうと、匡は食器を重ねてシンクまで運んだ。たらいに張った水につけておけば、いつもサラマが片づけてくれる。

「任せておけ。俺がやっておいてやる！」

「いつもすみません」

ちゃぶ台でまだ朝ご飯を食べている四人を眺め、やはりこの部屋に五人は狭いなとつくづく思った。ちゃぶ台も大きなものに変えたい。

「そろそろ引っ越しも考えなきゃいけませんね」

「だったら４ＬＤＫがいいぞ。俺と匡は一緒でいいとして、一人一部屋。ドアは内側から鍵かけられるやつな」

何を企んでいるのか想像がつくため、無視する。靴を履いた匡が立ち上がって振り返ると、いつの間にかキファーフが玄関まで見送りに来ていた。

「今日の帰りは何時だ？」

「遅くなると思いますから、ご飯は先に食べててください」

これではまるで新婚夫婦の会話だなと、色男を見上げる。しかも、キファーフのほうが嫁だ。こんなワイルドで下ネタまみれの嫁はどこを探してもいない。

「なぁ、匡」

いってらっしゃいのキスでもされるのかと思って身構えると、それ以上に恥ずかしいことが待っていた。腕組みをしたまま壁に寄りかかり、股間の辺りを眺めながら言われる。

「またあの白いパンツ穿いてくれよ」

色っぽいしゃがれ声に、匡は不覚にも顔を赤くした。

朝っぱらから破廉恥だ。

「い、行ってきます」

これ以上会話を交わしていると仕事中にいろいろと思い出しそうで、匡は踵を返していそいそと会社に向かった。

あとがき

大変なことに気づきました。媚薬を盛るのを忘れておりました。

こんにちは。もしくは、はじめまして。中原一也です。渾身のアラブ物第二弾を手に取っていただきありがとうございます。前回、「わたくし初のアラブ物です！」と豪語しておりましたら、各方面から「アラブじゃない」と突っ込みを入れられまして、媚薬を盛らなかったのがイカンかったのだなと反省。続編こそは媚薬を盛ってやると目論むも、うっかり失念。く、くそう。媚薬……必須アイテムだったのに。というか、砂漠すら……。

しかも、今回あとがきが一ページ。言い訳すらできぬまま、挿絵を描いてくださった立石涼先生。フェロモンむんむんの素晴らしいイラストをありがとうございます。うっとりでございます。そして担当様。こんな砂漠足らずの私に続編を書かせていただき感謝です。最後に読者様。あとがきまで読んでいただき、本当にありがとうございます。バタバタになりましたが、また別の作品でお会いできますように……。

中原一也先生、立石涼先生へのお便り、
本作品に関するご意見、ご感想などは
〒101-8405
東京都千代田区三崎町2-18-11
二見書房　シャレード文庫
「破廉恥なランプ」係まで。

本作品は書き下ろしです

CHARADE BUNKO

破廉恥《はれんち》なランプ

【著者】中原一也《なかはらかずや》

【発行所】株式会社二見書房
東京都千代田区三崎町2-18-11
電話　03(3515)2311[営業]
　　　03(3515)2314[編集]
振替　00170-4-2639
【印刷】株式会社堀内印刷所
【製本】ナショナル製本協同組合

落丁・乱丁本はお取り替えいたします。
定価は、カバーに表示してあります。

ISBN978-4-576-15179-3

http://charade.futami.co.jp/

CHARADE BUNKO